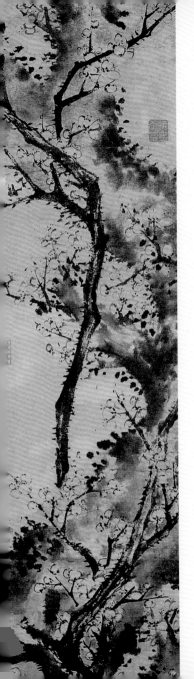

한국 고전여성작가의 시세계

한국 고전여성작가의 시세계

이 혜 순 지음

우리 문화의 뿌리를 찾아서를 펴내며

한국의 전통 문화를 세계화하고자 기획된 '우리 문화의 뿌리를 찾아서'는 우리 문화가 지닌 고유성과 보편성을 소개하고 문화인류학적인 접근을 수월케 하여, 세계 속에 한국 문화의 위상과 학문적 경쟁력을 제고시키는 데에 그 목적이 있다.

한글본과 영어본으로 발행되는 이 시리즈는 지나치게 학술적인 경향이나 단순한 안내서의 수준을 지양하고, 한국의 전통 문화의 근간을 세부적으로 천착함으로써 일반 사람들이 우리 문화를 깊이 이해할 수 있도록 개방적인 전문성을 띠는 점이 특징이다.

아울러 이것은 단순히 우리 문화의 본질에 대한 이해에서 그치는 것이 아니라 궁극적으로 현대 문명이 유발한 문제점들을 치유하는 대안이 그 속에 들어 있음을 깨닫게 하고, 이에 대한 공통적인 인식을 토대로 세계인이 한국 문화를 올바르게 이해하도록 하는 데에 크게 기여할 것이다.

2005년 4월
이화여자대학교출판부

책머리에

한국 문학사에서 여성 작가는 우리 나라 고유 문자인 한글로 작품 활동을 한 사람과 동아시아 공동 문자였던 한문으로 시문을 저술한 사람들로 나누어 볼 수 있다. 이 책은 후자 가운데 비교적 적극적인 문학 활동을 했던 여성 작가 13명을 대상으로 그들의 시세계를 보여주기 위해 쓰여진 것이다. 한문이 상층 남성 지식인들의 전유물이었던 시기에 제도적으로 어떤 공식적인 교육이 허용되지 않았던 여성들이 한문을 홀로 깨우치고 이를 시 창작에 활용하기까지 많은 고통스러운 지적 수련을 거쳐 당대 남성 지식인들과 어깨를 겨루었다는 점은 단순히 문학적 수준이나 가치를 떠나 여성 지성사의 형성이라는 측면에서 주목할 만하다.

한문을 매체로 작품 활동을 했던 이들 여성 작가들은 시기적으로 고조선부터 대한제국 말기까지, 신분적으로 여왕에서 노비까지 모든 계층을 망라하고 있으나, 일반적으로 여성들이 작품을 상당수 저작했거나 개인 문집을 남겨 의식적인 문학 활동을 했던 것은 16세기부터로 볼 수 있다. 그러나 이때에도 자신의 작품을 온전히 남겨 후대에 전하려는 노력을 한 여성들은 많지 않다. 이는 역시 글쓰기가 여성의 본분이 아니라는 사회적 관념을 뛰어넘지 못했고 오히려 시로 풀었던 자신들의 소회가 타인들에게 알려지는 데 대한 두려움이 컸던 때문으로 보인다.

이러한 점에서 현존하는 작품 외에도 세상에 알려지지 않은 수

많은 여성들의 시가 있었고 그리고 이들이 안타깝게도 외부에 알려지는 것을 꺼렸던 그들 자신에 의해 폐기되었을 것임을 충분히 짐작할 수 있다. 그럼에도 빼어난 여성 시인들이 시대를 이어가며 끊임없이 배출된 것은 바로 시 짓기가 정서적으로 그들의 삶을 지탱해 주던 버팀목이 되기도 했음을 말해 준다. 그러나 이들이 시를 보여주기 위한 것으로 간주하지 않았다는 점에서 그들의 시가, 명성과 출세와 직결되었던 남성들 작품보다 좀더 자신의 은밀한 내면 정서와 삶에 대한 진실한 고백을 담았을 것으로 간주된다.

여성 한시사를 개관할 때 삼국 시대부터 16세기 전반까지는 개별 작가의 시대로 이들은 한시 8수를 남긴 황진이를 제외하고는 대부분 한두 편의 시를 남긴 이들이어서 그들의 작가 의식이나 시세계를 논하기는 어렵다. 잘 알려진 대로 황진이는 뛰어난 시조 작가로서 지금까지 사랑을 받고 있지만, 그의 한시는 시조의 서정성과 함께 서화담·소세양 등 당대 유명한 문사나 학자들과 교류하던 지적 면모가 융합된 또다른 작품 세계를 보여주고 있다. 이러한 점은 이 책에 수록된 〈박연폭포〉·〈만월대〉·〈초월〉 같은 작품들이 시조와는 다른 한시만의 격조, 지적 수준, 미의식을 드러내는 데서 알 수 있거니와, 이것은 그만큼 황진이의 문학 세계가 넓고 다양했음을 보여주는 것이다.

여성 작가들이 본격적으로 모습을 드러낸 것은 16세기 후반으로, 송덕봉·매창·허난설헌·이옥봉이 이 시기 인물들이다. 매창은 기녀였고, 허난설헌과 송덕봉은 사대부 가문의 여인, 이옥봉은 소실로 각기 다른 사회적 위치에 처해 있었던 여성들이었는데, 기녀·소실·사대부 가문의 여성이 삼각 균형을 이루면서 조선조 여성 작가의 중심을 차지하는 전통은 그 이후에도 지속된다. 물론 신분상의 차이가 반드시 작품에 드러나는 것은 아니지만 여류 시인을 이와 같이 분류하는 것은 작가의 배경에 따른 어떤 특성이 있음을 의미한다. 이것은 그들 작품의 주요 독자로서 여성들의 시

창작을 기이히 여겼던 당대 사대부 남성들이 대부분 인정하고 기대했던 틀이기도 하다.

일반적으로 사대부 부인의 경우 가족들의 문제가 핵심 주제가 되고, 기녀들은 보통 개인의 한(恨) · 근심[愁] · 그리움[思] · 원망[怨] · 감회[感], 때로는 지극한 슬픔이나 분노 등의 시적 정조를 보여준다. 사대부 가문 출신인 허난설헌이 당대 많은 사대부들의 비난을 받은 것은 기녀들처럼 그가 그리움과 원망 같은 정조를 시에 노출시켜 남성 독자들이 기대했던 시적 틀을 벗어났기 때문일 것이다. 특히 관심이 가는 것은 소실인데, 대체로 사대부 가문의 서녀이거나 기녀 출신인 그들은 시에서도 사대부 여성 작가와 기녀 작가의 양면적 특성을 공유한다는 점에서 주목할 만하다. 한편으로는 신분이 주는 정서적 억압에 시달리면서도 다른 한편으로 남편의 임지를 따라다니며 폭넓은 체험이 가능했던 행동의 자유로움이 시인으로서의 재능을 보다 발전시킬 수 있는 기회가 되었던 것으로 보인다.

여성 작가의 시에서 공통적으로 드러나는 한 가지 특성은 이들의 자의식이 매우 강하다는 점이다. 이 점은 어느 계층을 막론하고 드러난다. 기녀인 매창은 자신을 비록 병들고 조롱 안에 갇혀 있으나 '학'[籠鶴]으로 비유했고, 서녀 출신 소실이었던 이옥봉은 자신이 왕가의 후예임을 자부했으며, 사대부 가문의 여인이었던 허난설헌은 스스로를 가을 서리에 말라 떨어지는 난초로, 또는 세상에서 제일 가는 거문고를 만드는 오동나무로 비유했다. 기녀 출신으로 소실이었던 운초는 사절정(四絕亭)에 올라 정자 이름을 오절정이라 해야 마땅하다고 하면서 산 · 바람 · 물 · 달에 절세의 미인인 자신도 들어가야 한다고 읊었다. 보통 시 · 글씨 · 그림에 뛰어난 이들을 '삼절(三絕)'이라 불러 사대부 문사들의 세속적인 명예와 자긍

심을 높이는 문화를 만들기도 했지만, 운초는 초속적인 자연과 자신의 미모를 병렬시켜 '오절(五絶)'이라 했다. 여성의 미모는 단순히 세상 사람들, 특히 남성들의 유락적 도구로만 존재하는 것은 아니라는 선언이다.

여성 시인들은 임과의 사랑, 가족과의 문제뿐 아니라 과거 역사나 사상, 당대 사회 현실, 자연과 풍속 등 다양한 관심을 그들의 시에 담았다. 허난설헌은 유선시(遊仙詩)를 통해 도가 인식이 상당함을 보여주었고, 이옥봉은 영월에 가서 그곳에서 세상을 떠난 단종을 생각하는 역사 인식을 드러냈다. 운초가 만월대를 지나며 우왕과 창왕이 공민왕의 아들인 왕씨인가 신돈의 아들인 신씨인가로 싸우던 사실을 비판한 시를 남긴 것도 여성들이 역사와 정치에 무관심하거나 무지한 것이 아니었음을 말해 준다. 남정일헌이 양요를 만나 피난하며 지은 시에서 "서양 군함 요사한 짓 걱정하지 말아라"라고 읊은 것과, 알을 깨고 나온 병아리를 위해 어미 닭이 부지런히 벌레를 잡아 주며 키우는 모습에서 자식 교육에 대한 깨달음을 보여준 것도 놀랍다.

조선조 말의 대학자 이건창은 과거 문사들이 부인들은 시를 짓는 데 적합하지 않다고 말한 것은 틀렸다고 하면서 이것은 능력이 없어서가 아니라 다만 여가가 없기 때문이라고 단정했다. 그는 정일헌의 시를 보면서 부인으로 이렇게 시를 잘 지었고 그 지은 시가 이와 같은데 아직도 부인들이 시를 짓기에 적합하지 않다고 말할 수 있느냐고 반문한 바 있다. 이 책에 수록된 열세 명의 여성 작가의 시들은 바로 이처럼 남성 작가들이 보여주었던 것과는 다른 고유한 정서와 의식을 바탕으로 수준 높게 독자적인 시적 영역을 개척한 작품들이다. 비록 여기서는 각 작가별로 극히 제한된 분량의 시만을 다루었지만, 이를 통해 그들의 삶과 꿈, 끊임없는 지적 욕구와 자신의 존재에 대한 진지한 성찰들을 가까이 느끼고 음미할 수 있기를 기대한다.

지은이

차례

한국 고전여성작가의 시세계

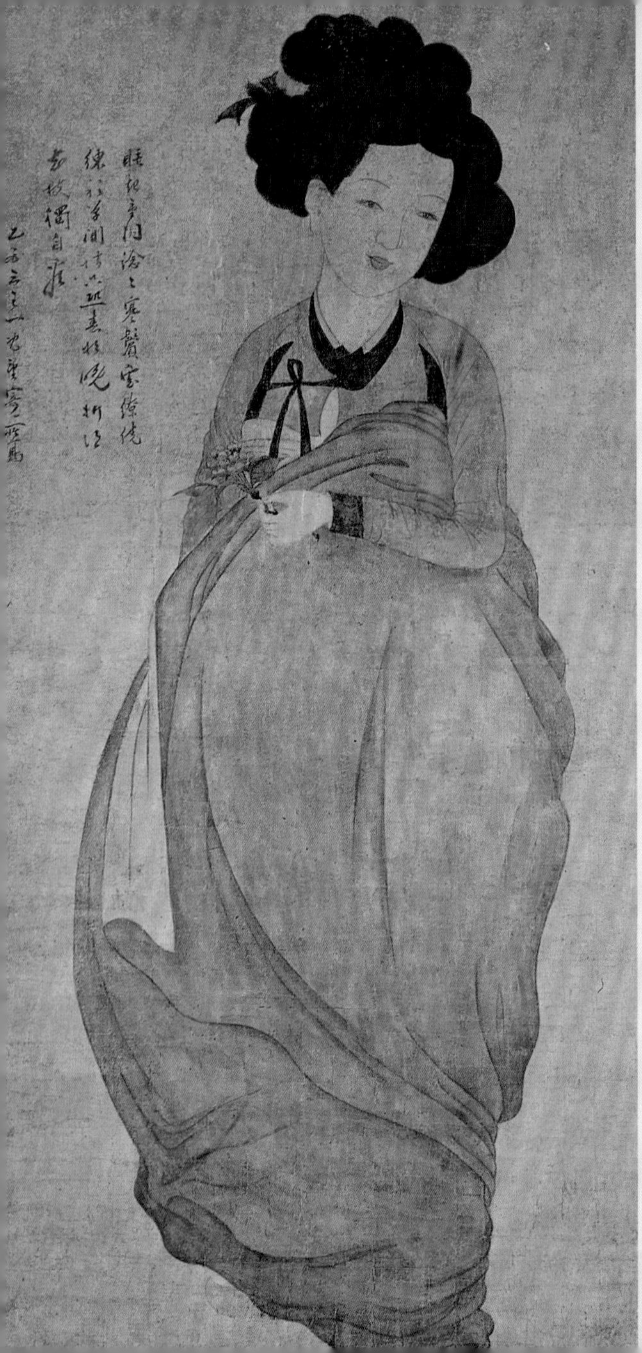

1. 여산의 승경을 말하지 마라

송도삼절(松都三絶)이라 자부한 황진이

　황진이는 문헌에 따라 황진사의 서녀라 하기도 하고 맹인 현수의 딸로 나오기도 한다. 당대 성리학의 대학자 서화담(1489~1546)과 박연폭포, 그리고 자신을 송도삼절이라 불렀다는 것은 잘 알려진 이야기이다. 설화에서는 그녀를 사모하다 죽은 총각의 상여가 자신의 집 문 밖에 멈추어 움직이지 않으므로 속적삼을 벗어 주니 떠났는데, 이후 그는 기녀가 되었다고 한다.

　황진이는 주로 시조 작가로 이름이 나 있지만 8수 정도의 한시도 남아 있다. 그중 〈만월대회고(滿月臺懷古)〉는 고려의 수도로서 문물의 중심지였던 개경에 대한 애정이 함축되어 있는 작품이다. 스스로 송도삼절이라 했듯이 그는 출신은 물론 마음으로도 개경인이었다. 신분상으로도 천한 기녀로서 출신지 역시 전 왕조 고려의 중심부에서 태어났고 성장했다는 점에서 황진이는 한양이 이미 수도로서의 권위를 이룩한 당대의 방외적 인물이었다.

미인(美人)
조선, 작자 미상, 19세기 (동경국립박물관 기탁)

古寺蕭然傍御溝	옛 절은 말이 없이 어구 옆에 쓸쓸하고
夕陽喬木使人愁	저녁 해 높은 나무에 비치어 더욱 서럽구나
煙霞冷落殘僧夢	쓸쓸한 경치는 남은 승려의 꿈속에서나
歲月崢嶸破塔頭	영화롭던 그 시절은 깨어진 탑 머리에나
黃鳳羽歸飛鳥雀	황봉은 어디 가고 참새들만 오락가락
杜鵑花發牧羊牛	진달래 핀 성터에는 소와 양이 풀을 먹네
神松憶得繁華日	송악산 영화롭던 옛 모습 생각하니
豈意如今春似秋	지금처럼 봄이 가을 같을 줄 어찌 뜻했으리

　이 시에는 황진이가 단순히 님과 나의 문제에 초점을 두었던 시
조에서와 달리 역사와 자연에 시각을 돌린 점이 돋보인다. "어구
(御溝)"는 이미 망해 버린 나라의 옛 궁전의 도랑이니, 그 옆에 있
는 절이 해 지는 저녁빛에 얼마나 쓸쓸한 모습을 띠고 있을까는 말
할 필요도 없다. 그 쓸쓸한 절을 아직도 지키고 있는 승려, 부서진
탑머리 등은 번화했던 경치와 영화롭던 세월의 무상함을 보여준
다. 그 허망함은 참새들만이 들락거리고 소와 양이 한가로이 풀을
뜯는 경물의 변모에서도 드러난다. 봄은 돌아왔지만 마치 만물이

시들어 가는 가을 같다는 느낌은 지난날의 영화와 번화함에 대한 기억 때문인 것이다. 결련의 신송은 고려의 수도였던 개경을 말한다. 본래 개경의 진산(鎭山)인 송악의 다른 이름이 신숭(神嵩)이다. 송경(松京)을 신송이라 일컫는 데에서 그가 아직 고려에 대해 갖고 있는 사랑이 엿보이지만, 동시에 자연이 역사적 변화 앞에서 달라지는 사실에 놀라움을 느끼는 시인의 의식이 드러난다. 여기에는 과거에 대한 무상함도 깃들어 있지만 동시에 예측할 수 없는 역사의 일면에 대한 그의 깊은 깨달음이 엿보인다.

〈박연폭포(朴淵瀑布)〉에서는 다른 시와 달리 그 웅장한 모습을 그려낸다.

一派長天噴壑礱　　한줄기 긴 하늘이 바위 골에 뿜어대니

龍湫百仞水潨潨　　폭포수 백 길 너머 물소리 우렁차다

飛泉倒瀉疑銀漢　　거꾸로 쏟는 폭포 은하수 방불하고

怒瀑橫垂宛白虹　　노한 폭포 가로 드리워 흰 무지개 완연하네

雹亂霆馳彌洞府　　어지럽게 쏟는 물벼락 골짜기에 가득하고

珠舂玉碎徹晴空　　구슬 절구에 부서진 옥 창공에 맑았으니

遊人莫道廬山勝　　유람객들아 여산의 경치가 좋다고 말하지 마라

須識天磨冠海東　　모름지기 알지니 천마산이 해동에선 으뜸가는 곳임을

박연폭포는 많은 한시인들이 즐겨 다룬 소재이고, 대부분 그 위용을 은하수를 거꾸로 달아놓은 것 같다거나, 흰 무지개를 드리운 듯하다거나, 또는 옥을 부수어 놓은 듯하다고 묘사하고 있어 황진이의 이 시도 특별히 다르지 않다. '여산의 승경을 말하지 마라'라는 구절도 이태백의 묘사에 의해 가장 아름다운 산의 미적 기준이 된 여산보다 자신의 묘사 대상이 더 훌륭하다는 점을 보여주는 일종의 관용적 표현일 뿐이다. 또한 금강산을 유람한 이들이 이태백의 시와 여산을 거론하며 금강산의 비교 우위를 보여준 글들이 많아서 황진이의 묘사가 새삼스러운 것은 아니다.

그러나 황진이 시의 특성은 결련의 마지막 구절에서 나온다. 황진이가 읊은 것은 박연폭포이지만 그는 '천마산이 해동의 으뜸'임을 내세운다. 이것은 금강산에는 뛰어난 경치로 이름난 폭포가 얼마든지 있지만 이들이 모두 천마산 기슭에 있는 박연폭포보다 못하다는 관점을 보여주는 것이고, 그렇다면 결국 천마산이 금강산보다 우위에 있는 조선의 으뜸가는 산으로 간주될 수 있는 것이다. 천마산이 그간 우리 나라 사람들은 물론이지만 중국인도 고려국에 태어나 한번 보기를 소원한다는 금강산의 위상을 대신할 수 있는지 역시 문제가 될 수 있는데, 황진이는 이를 무시하고 여산과 천마산을 직접적으로 연관시키는 배포를 보여준다. 이러한 점에서 황진이의 〈박연폭포〉 시에는 승경의 대표적인 예로 중국의 여산을, 조선의 대표적인 산으로 금강산을 말하는 관습적이고 보편적인 통념을 정면으로 거스르는 시각이 함축되어 있다.

〈초월(初月)〉에서는 그의 상상력이 빛을 발한다.

誰斷崑崙玉	곤륜산 맑은 구슬 뉘라서 끊어내어
裁成織女梳	직녀의 멋진 빗을 솜씨 좋게 만들었나
牽牛一去後	견우가 한번 가버린 후
愁擲碧空虛	푸른 하늘 허공 중에 수심겨워 던졌구나

　왜 황진이는 초승달을 버려진 빗으로 보았을까. 곤륜산 옥으로 만든 아름다운 빗을 직녀는 견우와 함께 있는 동안 꽂고 있었을 것이다. 그러나 그가 한번 떠난 후 다시 돌아오지 않자 수심겨워 허공에 던져 버린 것이 바로 초승달이라는 것이다. 그 아름다운 빗도 임이 없을 때는 아무 의미가 없는 것이다. 직녀의 수심은 아마도 견우와의 이별 자체보다는 그가 다시 돌아오리라는 기대감의 상실에 기인된 바가 클 것이다. 초월은 어느새 반달이 되고 만월이 되어 임과의 단취(團聚)를 기대할 수 있으나 만월은 또다시 초월이 된다. 초승달을 보면서 새로운 기대보다 '버림받은' 수심을 주목했다는 것은 서화담·소세양 등 당대의 뛰어난 인물들과 교류했던 황진이의 또 다른 어두운 의식을 보여준다.

심산고림(深山枯林)
조선, 김정희, 19세기 (국립중앙박물관)

2. 가고 가다 마침내 마천령에 이르렀네

남편에게 언제나 당당했던 송덕봉

송덕봉은 선조조의 대학자 미암(眉巖) 유희춘(柳希春 1513~1577)의 부인으로, 송씨는 자가 성중(成仲), 호가 덕봉(德奉)이다. 유희춘은 해남 출신으로 명종 2년(1547) 양재역 벽서 사건에 연루되어 종성에서 19년간 (1547~1566), 은진에서 2년간(1565~1567)의 유배 생활을 했고, 선조 즉위 후 석방되어 대사성, 전라도 관찰사, 예조 · 공조 · 이조참판 등을 역임했다.

남편 미암이 종성에 유배되자 송씨가 그를 찾아 마천령을 지나면서 삼종지도를 노래한 시는 관인의 아내들이 갖고 있는 윤리 의식을 잘 보여준다.

行行遂至摩天嶺	가고 가다 마침내 마천령에 이르렀네
東海無涯鏡面平	가없는 동해 바다 수면이 거울 같아라
萬里夫人何事到	만리 길 부인네가 무슨 일로 이르렀는가
三從義重一身輕	삼종의 의리는 중하고 내 한 몸은 가벼워서라오

송씨가 미암에게 보낸 서신에 의하면 미암 유배 후 시어머니가 돌아가시자 송씨는 홀로 삼년상을 마치고 다시 종성으로 남편을 찾아갔다고 한다. 종성은 함경도 땅으로 마천령을 넘어서야 갈 수 있는 곳이다. 가고 또 가다가 "마침내" 마천령에 도달했다는 첫 구는 그가 얼마나 힘든 "만리 길" 노정을 거쳤는지를 보여준다.

〈마천령 위에서 읊음(磨天嶺上吟)〉이란 제목의 이 시가 극찬을 받은 것은 그것이 "삼종의 의리는 중하고 내 한 몸은 가벼워서라오"란 결구 때문이다. 평자들은 이 시가 '성정의 바름'을 얻었다고 하면서, 송덕봉이 현숙하면서도 문장을 잘 지어 난설헌과 이옥봉이 재주가 뛰어나지만 덕이 미치지 못했던 것과 다르다고 칭찬하였다. 그러나 남편이 해배되고 고관의 직책을 수행하는 동안 송덕봉이 남편에게 준 편지를 보면 어려서는 아버지를, 결혼 후에는 남편을, 나이 들어서는 아들의 뜻을 좇아야 한다는 여성의 '삼종지도(三從之道)'가 자신의 의지나 주장 없이 아버지·남편·아들에 대한 무조건적인 순종을 의미하는 것이 아님을 보여준다.

『미암일기』에는 미암이 서울에서 수개월 홀로 생활하는 동안 다른 여인을 가까이하지 않았음을 자랑하면서 송씨에게 "보답하기 어려운 은혜"를 끼쳤다고 쓴 서신에 대한 송씨의 답신을 수록하고 있다. 송씨는 남편에게 회답한 서신에서 옆에서 그 사실을 잘 알고 있는 사람들이 있는데 이를 편지로 자랑하는 것은 인의(仁義)를 겉으로 드러내어 다른 사람에게 알리기를 좋아하는 단점이 있는 것이라고 꼬집으면서 몇 개월간 홀로 지내는 것은 육십이 가까운 나이에 기를 보전하는 데도 좋다고 지적한다.

이 서신에서 가장 주목되는 부분은 자신도 미암에게 갚지 못할 은혜를 끼쳤음을 주장하는 내용이다. 송덕봉은 아무도 돌아보지 않는 상황에서 지성으로 시어머니의 장례를 지내 다른 사람들에게 부끄러움이 없었으며, 분묘를 이루고 제사를 지낸 것이 비록 친아들이라도 더 잘할 수 없다는 주위 사람들의 칭찬을 받았다고 말한다. 삼년상을 끝내고 또 만리 길에 올라 험한 길을 거쳐 간 것은 다 아는 일이므로 "수개월 홀로 지낸 공로와 저의 몇 가지 일을 비교한다면 어느 것이 가볍고 어느 것이 무겁겠습니까"라고 정면으로 항변하면서 "공께서는 영원히 잡념을 끊으셔서 기를 보전하시고 수명을 연장하기를 바라나이다. 이것이 제가 밤낮으로 바라는 바입니다"라면서 서신을 마친다. 여기서 송씨는 자신이 시가에서 한 일을 내세웠다기보다는 오히려 아내의 수고에 대한 남편의 인식을 새로이 하는 데에 중요한 기여를 한 것으로 보인다. 더더욱 경이로운 것은 이러한 서신에 대해 미암이 "부인의 말과 뜻이 모두 좋으니 탄복함을 이길 수 없다"고 써서 부인의 비판을 그대로 받아들이고 있다는 점이다.

이들 부부의 사랑과 이해는 두 사람이 주고받은 시에서 잘 드러난다.

〈지극한 즐거움 – 아내에게(至樂吟 示成仲)〉

園花爛漫不須觀　　　정원의 꽃이 난만하지만 모름지기 구경할 필요는 없네

絲竹鏗鏘也等閑　　　음악 소리 쟁쟁하지만 이에 상관하지 않아

好酒姸姿無興味　　　좋은 술 예쁜 여인에도 흥미가 없어라

眞腴惟在簡編間　　　진정한 살찜은 오직 책 속에 있네　　　　—유희춘

〈차운(次韻)〉

春風佳境古來觀　　봄바람 아름다운 경치 예로부터
　　　　　　　　　훌륭한 구경거리

月下彈琴亦一閑　　달빛 아래 거문고 뜯는 것 또한 한 가지
　　　　　　　　　한가로움 즐기는 멋

酒又忘憂情浩浩　　술 또한 근심 잊고 정을 크게 하니

君何偏癖簡編間　　그대 어찌 책 속에만 빠져 있나요　　—송씨
　　　　　　　　　　　　　　　　　　　—『미암집』권2

　　미암이 송씨에게 난만하게 핀 정원의 꽃이나 아름다운 음악 소리, 술이나 여자 모두에 관심이 없고 진정한 맛은 책에 있음을 읊으니, 송씨는 봄날의 경치·거문고·술도 즐길 필요가 있다고 말하면서 그에게 마음의 여유를 주려 했다.

　　반면 "뜻이 높기는 여산 삼천 인과 같고 마음이 맑기는 소상강 8, 9월의 가을과 비슷하며, 거기에다 다시 따뜻한 봄날에 만물을 낳는 뜻이 있다면, 비로소 군자의 굳세고 부드러운 덕을 이루는 것이라"고 읊은 미암에게, 맑고 깨끗한들 어찌 상수의 가을과 같을 수 있겠느냐며 그가 너무 과시적이고 겸양이 없음을 나무라면서 오직 젊은 나이의 행락 추구를 버리고 사물에 욕심이 없으면 과연

짝이 없을 것임을 은근히 경고한다.

그러나 미암은 후에 이 차운 시에 대해 "고마워라 그대, 내게 사사로운 욕심을 없애고 단지 주자의 지극한 낙을 구하라 하심에"라고 읊어 아내의 비판을 겸허하게 받아들이는 모습을 보여준다. 이것은 송씨가 남편에게 "보답하기 어려운 은혜"를 끼쳤다고 주장했던 편지에 미암이 "부인의 말과 뜻이 모두 좋으니 탄복함을 이길 수 없다"고 썼던 것과 같은 것이어서 두 사람의 신뢰와 사랑이 참으로 아름답다.

전 허난설헌필목마도(傳許蘭雪軒筆牧馬圖)
조선, 허난설헌, 16세기 (국립중앙박물관)

3. 아름다운 모습 시들어도 맑은 향기는 끝내 죽지 않으리

사대부 남성들의 비판에 시달린 허난설헌

허난설헌(許蘭雪軒 1563~1589)의 이름은 초희(楚姬)이고, 자는 경번당(景樊堂), 호가 난설헌이다. 아버지는 화담 서경덕의 문하에서 공부하고 경상감사를 지낸 허엽이고, 학문과 문장에 뛰어난 허성·허봉·허균이 그의 형제들이다. 뛰어난 여성 한시인이 조선 문학사에서 중요한 위치를 차지하고 있는 허균의 누이라는 것은 우연한 일이 아닐 것이다. 〈백옥루 상량문〉이 난설헌 나이 8세 때의 작품으로 알려졌거니와, 이로 보면 27세의 젊은 나이로 세상을 떠날 때까지 허난설헌은 그의 생애 전부를 문학적 삶으로 일관했다고 말할 수 있다.

그의 작품은 유언으로 전부 소각되었고, 현존하는 작품은 친정에 보관되었던 것을 허균이 명나라 사신에게 주어 중국에서 난설헌 사후 18년이 되는 1606년에 간행되었다. 우리 나라에서는 1692년 동래부에서 간행한 목판본 『난설헌집』이 최초의 것으로 시가 총 210편 실려 있다. 그의 한시는 작가의 귀속 문제부터 많은 의심을 받아 왔다. 이수광은 난설헌 시가 2,3편 외에는 위작(僞作)이라 했고, 신흠은 허씨의 시 중 〈유선시(遊仙詩)〉는 태반이 고인들이 쓴 작품이라 말하면서 "혹자는 말하기를 그의 남동생 허균이 세상에서 아직 보지 못한 시편들을 표절하여 몰래 그의 시집에 끼워

놓고 그의 이름을 높이려 했다"고 기술했다. 그러나 일반적으로 허난설헌의 시는 그의 형제들과 격조가 다른 것으로 평가되고, 어떤 점에서는 허씨가 허봉이나 허균보다 시를 더 잘한다고 간주한 사람도 있어 허균의 위작설은 받아들이기 어렵다. 또한 고시나 세상에서 잘 모르는 시를 허균이 표절해서 집어넣었다는 설은 구체적인 자료로 뒷받침되지 못했다는 점에서 허황된 것이다.

허난설헌이 몇 살에 결혼했는지는 확실하지 않으나 결혼 후 남편은 공부를 위해 집을 떠나 있어야 했는데, 허씨의 시에는 남편의 외도에 대한 염려를 오히려 흥을 가장해서 보여주는 것들이 있다. 허씨는 시어머니의 사랑을 받지 못했고 두 자녀도 어릴 적에 모두 죽어 그의 짧은 결혼 생활은 불행했던 것으로 보인다. 그의 시에 한탄이나 원망이 많은 것은 이러한 그의 생애와 무관하지 않은 듯하다. 그러나 이것이 난설헌의 인품에 문제가 있는 것으로 확대된 것은 경계할 필요가 있다. 난설헌이 시어머니의 사랑을 받지 못했다는 것을 허균이 기술한 것은 시재에 뛰어난 누이에 대한 애처로움과 안타까움에 기인되었을 것이고, 그 누이의 인품을 문제삼은 것은 아니었을 것이다. 오히려 이를 확대 재생산한 것은 사대부 문사들의 시화(詩話)에서였고, 난설헌은 27세에 세상을 떠남으로써 아무도 그 진실을 밝힐 수 없는 허물을 쓰게 된 것이다. 그의 남편 김성립은 난설헌이 죽던 해 과거에 급제했으나, 관직은 정8품 홍문관 정자에 그쳤고 임란시 의병에 참가하여 전사한 것으로 알려졌다.

허난설헌의 시는 작가 귀속에 의심을 받았을 뿐 아니라 〈강사에서 공부하시는 당신께(寄夫江舍讀書)〉·〈연잎을 따며(採蓮曲)〉 같은 작품은 절도에 벗어났다는 비난을 받기도 했다. 확실히 허난설헌은 그의 정서를 절제하거나 엄식하지 않고 그대로 표출했으나 남성 작가들 역시 유사한 내용의 〈채련곡〉을 썼으면서도 허씨의 작품을 그렇게 혹평한 데서 여성들의 시 창작에 관심을 가지면서도 경계하는 사대부 문사들의 이율배반적 자세를 감지할 수 있다. 그러나 허씨가 그 시대와 문학에 대한 비판적 견해를 가졌던 것만은 틀림없는 사실이고, 이것은 다른 사족 부인의 시에서는 볼 수 없는 점이다.

〈불우한 처지를 생각하며(感遇)〉

東家勢炎火   동쪽 양반님네 세력이 타오르는 불길 같아

高樓歌管起   높은 다락에선 풍악 소리 한창이나

北隣貧無衣   북쪽의 이웃들은 가난하여 헐벗은 채

橫腹蓬門裡   굶주리며 오막살이에 살고 있다네

一朝高樓傾   하루아침에 쩡쩡하던 가세 기울면

反羨北隣子   도리어 북쪽 이웃을 부러워하리니

盛衰各遞代   흥망이란 때에 따라 바뀌는 것

難可逃天理   하늘의 이치를 벗어나기 어려워라(제3수)

위의 시는 한편에서는 풍악을 울리며 놀고 다른 한편에서는 의식주 하나 제대로 해결할 수 없는 현실의 모순을 비판하고 있지만, 핵심은 흥망이 유수한 것이 천리라는 사실에 있다. 따라서 중요한 것은 지금의 현실이 아니라 하늘의 이치가 무엇인가를 깨닫는 것이다. 그가 이를 깨닫지 못하는 이들로 권세가를 거론한 것을 보면 평소에 그들의 삶에 대한 회의가 컸던 것이 아닌가 한다. 이 시에는 허난설헌이 후에 유선 문학에 심취하게 된 기반이 이미 그의 의식 속에 마련되어 있었음을 보여준다. 허난설헌은 당시 지배적이던 평담한 문풍에 반기를 들었던 시인들을 적극적으로 옹호했거니와, 그가 자기 시대의 주류에 매우 비판적인 시각을 갖고 있었음이 드러난다.

허난설헌은 시에서 자신을 시들어도 맑은 향기를 잃지 않는 난초에 비기거나 거문고를 만드는 오동나무로 자부하면서 그 거문고로 타는 곡조를 아무도 알아주지 않고 오동나무에 봉황 대신 부엉이·솔개만 깃들고 있음을 한탄하기도 했다.

〈불우한 처지를 생각하며(感遇)〉

盈盈窓下蘭   한들한들 창문 아래 난초는

枝葉何芬芳   가지와 잎이 어찌 그리 향기로운지

西風一披拂   가을 바람 한번 맞으면

零落悲秋霜	슬프게도 가을 서리에 떨어지리
秀色縱凋悴	아름다운 모습은 시들지라도
淸香終不死	맑은 향기는 끝내 죽지 않으리라
感物傷我心	사물을 대할 때마다 내 마음 상하여
涕淚沾衣袂	눈물이 옷소매를 적시누나(제1수)

이 시를 자세히 살펴보면 시인의 자의식이 매우 강하다는 것을 알 수 있지만, 언제나 거기에는 주변에 대한 포용과 조화의 결핍이 엿보인다. 그것은 난초의 아름다움에서 다가올 가을바람과 서리를 먼저 생각하면서, 아름다운 모습은 시들어도 그 향기는 죽지 않으리라고 자위하는 '나 홀로'의 고고함 때문이다.

〈흥에 젖어서(遣興)〉 제1수에서는 수년 간 추위를 견딘 오동나무로 이 시대에 흔히 만날 수 없는 장인에 의해 만들어진 거문고의 소리를 제대로 이해할 줄 아는 이가 세상에 없다는 점을 한탄한다. 제2수에서는 찬란한 무늬가 있고 곡식 아닌 대나무 열매를 먹으며, 덕 있는 세상과 아침 햇빛과만 조화를 이루는 봉황을 그린다. 그는 한 그루 오동나무로 봉황과 짝하고 싶어하지만, 부엉이·솔개만이 깃드는 현실에 낙망한다. 봉황은 군자의 상징이라는 점에서 허난설헌이 그리워하고 만나기를 꿈꾸고 있는, 자신을 진정으로 알아주는 인물은 바로 덕 있는 사람이었음이 드러난다. 그럼에도 사대부 문사들에 의해 그가 '재능박덕'의 여성으로 혹평받은 것은 대단한 역설이기도 하다.

그러나 무엇보다 난설헌은 두 자녀를 잃은 어머니였다. 가장 격렬하게 정서가 표출된 시가 〈자식의 죽음을 통곡하며(哭子)〉이지만, 동시에 이 시에서는 자식의 죽음에 자책하는 자애로운 어머니의 겸허한 모습을 보여준다.

〈자식의 죽음을 통곡하며(哭子)〉

去年喪愛女　　지난해 사랑하는 딸을 잃고

今年喪愛子　　올해에는 사랑하는 아들 잃었네

哀哀廣陵土　　슬프고 슬프구나 광릉의 땅에

雙墳相對起　　두 무덤 마주 보고 솟아 있구나

蕭蕭白楊風　　백양나무에 쓸쓸히 바람 부는데

鬼火明松楸　　숲속에선 도깨비불이 번쩍거린다

紙錢招汝魂　　종이돈 살라 너희들 혼을 부르고

玄酒奠汝丘　　울창주로 너희들 무덤에 제 지내노라

應知弟兄魂	응당 알리라 너희 남매의 혼백은
夜夜相追遊	밤새도록 서로 쫓아 어울려 놀겠지
縱有腹中孩	비록 뱃속에 아이가 있다 해도
安可冀長成	어찌 제대로 자랄 것을 기대할 수 있으랴
浪吟黃臺詞	부질없이 황대의 노래 부르며
血泣悲吞聲	피눈물 흘리며 소리 삼켜 슬퍼하노라

　이 시에는 마지막 두 행을 빼면 어린 남매를 땅에 묻고 돌아와야 하는 어미의 마음, 그러면서도 두 남매가 서로 외롭지 않게 지내기를 바라는 자기 위안의 토로가 잘 드러나 있다. 마지막 행의 "황대의 노래"는 중국 당나라 장회태자(章懷太子) 현(賢)이 지었다는 〈황대의 오이노래(黃臺瓜辭)〉를 말한다.
　당 고종의 아들 8명 중 측천무후(則天武后) 소생은 넷이었다.
　본래 태자였던 홍(弘)이 어머니 무후에 의해 죽임을 당한 후 현이 태자가 되었는데, 그는 이 노래를 지어 고종과 무후를 깨우치려 했으나 그도 결국 무후에게 죽임을 당했다. 이 노래는,

황대 아래 오이를 심어

오이 익으니 열매가 아름다워라

하나를 따니 오이는 좋았고

두 개를 따니 오이가 적어졌네

세 개를 딸 때도 아직 괜찮았으나

네 개를 따니 넝쿨만 안고 돌아가네

라는 내용으로 이루어졌다. 난설헌이 자식들의 죽음을 통곡하면
서 왜 장회태자의 노래를 읊조렸을까. 단순히 오이 하나 따고 또
하나 따듯이 한 아이 죽고 다음해 또 한 아이 죽은 상황이 유사해
서일까. 아니면 자신 역시 자식을 먼저 보낸 점에서 측천무후와
다름 없음을 자책하는 것일까. 이 노래에 함축된 장회태자의 사랑
을 깨닫지 못한 측천무후와 달리 자신은 아이들을 사랑하고, 그래
서 이 노래를 부르면서 그 사랑을 다시 확인하고 있지만, 불행히
도 아이들은 이미 모두 세상을 떠났기 때문에 "부질없이" 노래를
부른다고 했을까? 허난설헌의 대표작 〈유선시(遊仙詩)〉 87수는
허씨 가학(家學)으로 유명한 도가 사상이 기반이 된 작품으로 보
이지만, 선계는 그의 자유로운 상상력이 만들어낸 이상 공간이면
서 이처럼 자식을 모두 잃고 불행했던 삶의 도피처이기도 했던 것

으로 보인다.

난설헌의 개인적인 삶이 불행했던 것은 사실이지만, 난설헌의 불우함은 사후 그의 시를 표절로 몰고, 그의 인품을 폄하시키려 한 평가들에 의해 오히려 더 강화된 것이다. 난설헌에 대한 비난이 이렇게 심한 이유가 단순히 재주 있는 여류의 부상을 경계하려는 데에 있는 것은 아닐 것이다. 한 가지 확실한 것은 사대부 가문 출신이면서 허난설헌의 시는 그리움·원망·한 등의 정서가 충일하고, 시제면에서도 기녀들의 작품과 유사하여 다른 사대부 가문 출신 여성 작가의 그것과는 차이가 크다는 점이다. 이수광이 허난설헌의 부덕과 절제 없음을 부각시키려 한 데에는 전쟁을 겪으면서 차츰 무너지는 여성의 규범이 가져올 사회 분위기에 대한 우려에 기인된 측면이 있었을지도 모른다. 아니면 허난설헌이 허균의 누이라는 점에서 그에 대한 정치적·사상적 경고가 그의 누이에게 간 것일까.

묵매(墨梅)
조선, 조희룡, 19세기 (이화여자대학교박물관)

4. 나는 새장 속에 갇힌 선계의 학이어라

거문고와 함께 묻힌 이매창

    매창(1573~1610)은 성은 이, 이름은 향금(香今), 자는 천향(天香), 호는 계생(桂生 또는 癸生)·계랑(桂娘 또는 癸娘)·매창(梅窓) 등으로 불렸다. 매창은 부안의 아전 이탕종(李湯從)의 딸로, 같은 시대의 뛰어난 문사인 허균·유희경 등과 교유한 기록이 전한다.

    매창은 기녀였으나 자의식이 대단했다. 이 점은 자신을 병들고 조롱 안에 갇혀 있으나 본래 선계에 살았던 '학'으로 비유한 데서도 잘 드러난다.

〈새장의 학(籠鶴)〉

一鎖樊籠歸路隔   새장에 한번 갇혀 돌아갈 길 막혀 있으니

崑崙何處閬風高   곤륜산 낭풍봉이 어디에 있나

靑田日暮蒼空斷   푸른 들에 해 저물어 창공은 끊어지고

鰍嶺月明魂夢勞　　구령산에 달이 높아 꿈조차 고달프네

瘦影無儔愁獨立　　짝 잃어 야윈 모습 홀로 서 있는데

昏鴉自得萬林噪　　숲속에 까마귀떼 좋아라고 지저귀네

長毛病翼摧零盡　　긴 털의 날개가 병들어 꺾이고서

哀唳年年憶九皐　　슬피 울며 해마다 놀던 언덕 그리워하네

　이 시를 보면 같은 자의식이라도 매창과 허난설헌은 큰 차이가 있다. 허난설헌은 봉황이 오지 않고 솔개만 깃듦을 한탄했으나 매창은 자신이 신선의 산으로 찾아갈 수 없는 부자유를 괴로워한다. 기생이라는 천한 신분이 갖는 구속과 한계를 보여주는 것으로, '간히다' '막히다' '끊어지다'가 보여주는 단절감, '짝 잃어' '홀로 서 있는' 외로움은 오히려 '숲속에서 지저귀다'가 의미하는 무리, 시끄러움과 극명하게 대비를 이룬다. 다음 시에서는 자신이 왜 이렇게 세상과 격리될 수밖에 없는지에 대한 그의 자의식이 드러난다.

〈스스로 박명을 한탄함(自恨薄命)〉

擧世好竿我操瑟　　온 세상 낚시질 좋아하나 나는 거문고를 고르니

此日方知行路難	오늘에야 비로소 세상살이 어려움을 알겠네
刖足三慙猶未遇	세 번 부끄러웠네 두 발 잘리고도 때를 못 만난 것
還將璞玉泣荊山	옥돌을 안고서 형산에서 흐느끼네

　이 시에서 시인은 일단 세상과 뜻이 다르기 때문에 어울릴 수 없었고 그래서 닫힌 공간에 매여 있을 수밖에 없음을 알려준다. 세상 사람들은 낚시를 좋아하나 자기는 거문고 뜯기를 좋아하니 살기가 힘든 것이다. 낚시를 좋아한다는 의미는 강태공처럼 낚시를 던져 두고 있지만 뜻이 물고기를 잡는 데에 있지 않았던, 오히려 자신이 낚시의 대상이 되어 선택되기를 바라던 공명 추구의 은유이다. 거문고를 뜯는 것은 이와는 반대로 세사에 무심한 이들의 고상한 취향이니, 결국 매창은 자신이 새장에 갇혀 있게 된 것이 속세와 어울리지 않는 높은 뜻과 행실 때문이라 보고 있음이 암시된다.

　그러나 더 심한 것은 세상이 자기에게 형벌을 가한다는 것이다. 월족(刖足)이란 죄를 지은 사람에게 발을 자르는 형벌이다. 화씨가 옥돌을 얻어 임금께 바쳤으나 돌을 옥으로 속였다 하여 발을 잘랐다. 그 왕이 죽은 후에 화씨가 옥을 안고 울기에 그 이유를 물었더니 대답하기를, "내가 발을 잘린 것이 슬퍼서 우는 것이 아니고 값진 옥을 돌이라 하고, 곧은 선비를 속이는 자라 부르니 이를 슬퍼하는 바입니다"라고 했다. 그러나 화씨는 두 발을 잘리운 후에 이를 옥으로 알아보는 자를 만났고 세상에서 드문 '화씨의 옥'이라는 보석도 나오게 된 것이다. 매창이 시에서 '세 번의 부끄러움(三慙)'이라 한 것은 두 발 잘린 두 번의 부끄러움을 겪은 후 화씨가 자신을 알아주는 이를 만났던 것과 달리 그는 자신을 알아주는 이를 만나지 못해서일 것이다. 자기는 여전히 아직도 그 가치를 인정받지 못한 옥돌인 것이다.

　따라서 이러한 그를 함부로 대하는 이들 때문에 상처를 받는 것은 당연한 일이다.

〈술취한 나그네에게(贈醉客)〉

醉客執羅衫	취한 손 비단 적삼 부여잡으니
羅衫隨手裂	비단 적삼 그 손길에 찢어지네
不惜一羅衫	그까짓 비단 적삼 아깝지 않지만
但恐恩情絶	사랑의 정 끊어질까 두려울 뿐

　위의 시는 매창의 현실의 삶과 지향하는 의식의 갈등이 빚어낸 작품으로 볼 수 있다. 매창의 자의식으로 볼 때 멋대로 자기 몸에 손을 대려는 취한 손님 앞에서 그가 가졌을 좌절이나 분노가 어느 정도였을지 상상이 된다. 비단 적삼은 그의 몸이기도 하지만 마음이 깃들어 있는, 바로 '마음'이기도 한데, 취한 나그네가 뿌리치는 자신을 아랑곳하지 않고 적삼을 부여잡는 것은 자신의 육신만을 조급하게 탐하면서 그 마음을 들여다보려는 생각이 전혀 없는 행위이기 때문이다. 그가 비단 적삼은 아깝지 않지만 이 일로 손님과의 '은정'이 끊어질까 두렵다는 의미 속에는 그의 행위가 마음까

지 돌아서게 할 만큼 무례하고 타격을 주는 것이었음을 말해 준다. 따라서 이 시는 자신을 여느 기녀들에게 하는 것처럼 함부로 대하는 어느 술꾼에게 절규하는 분노의 시로 파악된다. 찢어지는 비단 치마처럼 갈기갈기 찢어지는 그녀의 아픈 마음이 엿보인다.

　이수광은 매창이 평소 거문고와 시를 좋아하여 그녀가 죽었을 때 거문고를 함께 묻어 주었다고 기록하면서 시에 얽힌 다음의 일화를 전하고 있다. 일찍이 어떤 나그네가 매창의 명성을 듣고 시로써 유혹하니, 계랑이 "평생에 동쪽 집에서 밥 먹고 서쪽 집에서 잠자는 일은 배우지 않았고, 다만 매화 창문에 달 그림자 비낀 것을 사랑했지요. 글 하는 사람들이 나의 그윽하고 단아한 뜻을 알지 못하여 떠도는 구름인 줄 알고 자신을 망친 사람이 많았답니다"라는 시를 지어 주자 그 사람은 섭섭해하면서 갔다는 것이다. 이 시에서도 자신을 기녀로만 생각하고 찾아오는 문사들에 대한 섭섭함과 반감이 드러난다. 자신은 비록 기녀이지만 절조 없이 아무데나 몸을 굴리는 노는 여자[遊女]가 아니라 고상한 삶과 뜻을 가진 선비와 같은 자세로써 사는 사람인데, 찾아오는 사람은 자기를 이 사람 저 사람에게 가는 "떠도는 구름"쯤으로 생각한다는 것이다. 매창이 바라보는 주변 세계는 자신의 지향과는 너무 어긋났고, 그의 시는 이렇게 자신의 의지와 달리 어긋난 세계에서 기녀의 삶을 살아야 했던 한을 표출하고 있다.

5. 이 몸 또한 왕가의 후예이지요

아녀자의 연약한 분위기가 없는 시를 쓴 이옥봉

 이옥봉(李玉峰)은 조선 선조 연간의 시인으로, 생몰 연대는 확실하지 않으나 16세기 후반기에 시작 활동을 했다. 이름은 숙원(淑媛)이고 옥천 군수 이봉의 서얼로, 후에 조원(趙瑗)의 소실이 되었다. 그의 시 32수가 실린 『옥봉집』은 조씨 가문의 문집인 『가림세고(嘉林世稿)』에 부록되어 있다.

 『지봉유설』에는 남편이 소를 훔쳤다는 누명을 쓰고 옥에 갇히게 된 어떤 시골 아낙을 위해 옥봉이 소장을 써주었는데, 소장 끝에 〈다른 사람을 대신하여 억울함을 호소함(爲人訟寃)〉이라는 제목으로 "세숫대야로 거울삼고, 물로 기름삼아 머리 빗었네. 이 몸이 직녀 아닌데, 낭군이 어찌 견우가 되리오"라는 시를 써 놓았다는 이야기가 수록되어 있다. 옥봉이 이 시를 쓴 것은 여인의 남편이 소를 훔치지 않았다는 사실을 밝히기 위한 것이지만, 시의는 소장을 낸 그 여인이 중심이 된다. 기구와 승구에서 묘사된 여성은 거울 한번 제대로 보며 단장하지도 못하고, 머리에 찍어 바를 기름도 없이 바쁘고 빈곤하게 산다. 따라서 그가 '직녀'가 아니라는 의미 속에는 직녀의 여유와 부귀와는 거리가 먼 여인이라는 뜻이 함축되어 있고, 자신은 그러한 직녀가 아니니 내 남편이 견우가 될 수 없다는 구절에서는 소도둑도 오

파초(芭蕉) 조선, 정조대왕, 18세기 (동국대학교박물관)

히려 시간과 물질의 여유가 있는 사람이나 할 수 있다는 풍자가 내포되어 있다. 이 작품은 장난스럽게 지은 것이지만 이렇게 소박한 삶을 사는 부부를 도둑으로 몰아 감옥에 가두는 관에 대한 비판도 들어 있을 듯하다. 그 여인은 이를 기이하게 여긴 태수에 의해 석방되었으나 옥봉은 이 사건 때문에 결국 남편에게서 쫓겨났다.

이옥봉은 재능 있는 군수의 딸로서 소실이 될 수밖에 없었던 입장이지만 그는 자신이 종실의 후예라는 것에 대단한 자부심을 보여주고 있다. 여성 한시사의 흐름에서 보여주는 한 가지 특성은 여성 시인들이 자신의 정체성에 대한 회의보다는 오히려 강한 자의식을 표출하고 있다는 점이다.

〈영월가는 도중에(寧越途中)〉

五日長于三日越   닷새는 장간에 사흘은 영월에

哀詞吟斷魯陵雲   노릉의 구름 속에 슬픈 노래도 끊기었다

妾身亦是王孫女   이 몸도 왕가의 자손이라

此地鵑聲不忍聞   이 땅의 두견새 소리 차마 듣지 못하겠네

노릉은 단종의 능으로, 단종은 세조 때 노산군(魯山君)으로 강등되어 영월로 추방되었다. 원래 이름은 장릉(莊陵)이다. 이옥봉

이 왜 영월을 가게 되었는지는 알 수 없지만 아마도 남편을 따라가는 길이었을 가능성이 크고 그렇다면 노릉에 참배하기 위해서 간 것은 아닐 것이다. 이러한 점에서 비록 영월에 가면서 노릉을 생각했다는 것은 그가 서출이지만 평소에 자신의 가문에 대한 자부심을 갖고 있었음을 의미한다. 자신이 왕가의 후손이라고 분명하게 쓰고 있는 것은 어떤 점에서 그가 신분의 문제를 가볍게 생각하거나 무시했다기보다 오히려 신분적 한계에 대한 한을 극복하는 적극적인 자세를 취한 것으로 간주할 수 있다. 단종의 슬픈 역사는 누구에게나 회고의 정을 일으키는 게 사실인데도 특별히 자신의 슬픔을 부각시키고 이를 자기의 조상이라는 개인사의 측면에서 정조를 고조시키고 있는 것이다. 그의 그러한 자세는 〈맏아들에게 주오(贈嫡子)〉라는 정실의 아들에게 준 시에서도 보인다. "동방의 우리 모자 이름 날렸다"고 하면서 "자네가 붓 놀리면 바람이 놀라고, 내 시 이루어지면 귀신이 흐느껴 우네"라 한 것을 보면 이옥봉이 자신의 시재에 대해 대단한 자부심을 가지고 있었음이 여기서도 드러나지만, 무엇보다 시제에 '적자'라고 하여 자기가 소실임을 명시적으로 드러내놓고 있다는 점이다.

이옥봉은 특히 오언시에 능했는데, 잘 알려진 시로 〈규방의 정(閨情)〉이 있다.

有約郎何晚	돌아온다던 낭군 어찌 늦으시는지
庭梅欲謝時	뜨락의 매화가 다 시들려고 하네
忽聞枝上鵲	갑자기 가지 위에 까치소리 들려
虛畵鏡中眉	거울 보고 눈썹 그렸으나 부질없었네

이 시에는 떠난 임에 대한 기다림이 주 정조이면서도 시어와 정감이 모두 절제되어 있다. 기구에서 "어찌"라는 속에 회의와 원망이 포함되어 있기는 하지만 이에 근거한 다른 정서를 직접 노출하지는 않는다. 아마 뜰의 매화가 필 때쯤 오신다고 약속했는데, 이제 이미 시들려고 하니 시적 화자는 기다릴 만큼 기다렸고 참을 만큼 참았을 것이다. 그러나 그는 단지 늦는다[晚]로만 적어서 아직도 기다리는 마음을 보여준다. 그러기에 까치 소리에 다시 희망을 가졌을 것이고, 열심히 몸치장을 했을 것이다. 세상의 오직 한 사람만을 위해 아름답게 단장하던 그 정성과, 그럼에도 낭군이 끝내 오지 않자 그 동안 품었던 한 가닥 희망만큼 더 컸을 실망감, 그 서글픈 마음을 '부질없이(虛)'라는 말로 표출하는 정서의 절제가 뛰어나다.

다음의 시에서도 이옥봉의 절제된 시적 정서가 엿보인다.

〈다락에 올라(登樓)〉

小白梅逾耿   조그만 흰 매화 더욱 빛나고

深靑竹更姸   깊고 푸른 대는 더욱 곱구나

憑欄未忍下   난간에 기대어 차마 내려오지 못함은

爲待月華圓   환한 둥근 달을 기다리고 있기 때문이라오

다락에 올라 내려다보는 매화와 푸른 대나무가 더욱 아름답다고 하면서
난간에 기대어서 아래로 내려가지 못하는 것이 환한 둥근 달을 기다리기
때문이라는 것이다. 시적 화자는 자기가 달을 기다리고 있다고 말하면서도
매화와 대나무가 더욱 빛나고 더욱 곱다고 말하는 것을 보면 그의 시선은
분명히 뜨락으로 향하고 있다. 따라서 "환한 둥근달"을 기다린다는 것은
만월에 헤어졌던 가족들이 다시 모이듯이 임도 자기에게 돌아오기를 기대
하는 마음의 함축적인 표출이지만, 실제로 화자가 난간 아래로 내려가지
않고 그대로 기대어 앉아 있는 것은 둥근 달을 바라보기 위해서가 아니라
기다리는 사람이 돌아오는지를 보고 싶은 간절함 때문일 것이다. 그러나
이러한 복잡한 심사가 담박한 표현 속에 절제되어 있다. 이수광은 이옥봉
의 시가 아름답다고 했고, 허균은 이옥봉의 시가 "맑고 장엄하여 아녀자의
연약한 분위기가 없다"고 평했다.

6. 옛날 내 바닷가 집에서 부모 형제들과 행복했었네

한집안 13인이 함께 시를 창수한 문학 가문의 김호연재

고성 군수를 지낸 김성달(1642~1696)은 아내와 소실, 그리고 자녀 모두가 시를 남겼다. 김성달과 부인 연안 이씨가 더불어 주고받은 시편은 『내가수증시(內家酬贈詩)』로 남아 있고, 소실 울산 이씨가 수창한 것과 자녀 아홉 남매의 『연주록(聯珠錄)』이 있다. 호연재(浩然齋) 김씨(1681~1722)는 김성달의 넷째딸로 소대헌 송요화(宋堯和, 1682~1764)의 부인이다. 그의 남편 송요화에 대해 김원행(金元行)은 "옛날의 소옹 오늘날의 삼연(古邵今淵)"이라 했거니와, 송씨는 삼연(三淵) 김창흡(金昌翕)에게 배웠다. 소대헌 · 호연재 부부의 가문은 사상적으로 친밀할 뿐 아니라 학문의 사승 관계로도 서로 긴밀히 맺어져 있었다. 남편 송요화는 동춘당 송춘길의 후손이고 후에 내외직을 두루 겸했으나 모두 호연재가 세상을 떠난 이후였다. 호연재 생존시 남편은 형님과 어머님이 계신 곳에 오래 머물러서 부부가 함께한 시간이 많지 않았던 것으로 알려지고 있다.

호연재는 시에서 열다섯 살 때 부모를 모두 잃었다고 했는데, 어머니는 아버지보다 6년 전에 이미 세상을 떠났다. 〈병석에서 짓다(臥病述懷)〉의 "뒤척이며 옛날을 생각하니 지난일이 다 역력하도다. 옛날 내 바닷가 집에

어패(漁貝) 조선, 장한종, 19세기 (국립중앙박물관)

서 부모 형제들과 행복했었네"라는 구절에는 호연재가 부모님과 형제들과 함께 살면서 행복했던 시절을 그리워하는 마음이 절절하게 드러난다. 그러길래 그는 부모님이 연이어 돌아가시고 형제를 잃으면서 "통곡하니 천지가 어둠 같다"고 읊었다.

호연재는 시에서 사대부 가문의 여타 시인과 같이 주로 가족의 안부, 자기 수양을 그리면서 개인적인 정서를 별로 드러내지 않는다. 쓸쓸함·외로움과 같은 정서는 주로 늙어 가는 자신의 모습이나 돌아가신 부모님을 생각할 때에 표출된다.

〈스스로 뉘우침(自悔)〉

清夜悄悄達五更	맑은 밤 고요히 앉아 새벽에 이르니
半生身累眼中明	반평생 몸의 허물이 눈 가운데 밝히 보이네
盛衰不在勉非勉	성하고 쇠하는 것은 힘쓰고 힘쓰지 않는 데 있는 것이 아니고
善惡有關誠不誠	착하고 악한 것은 오직 정성과 정성하지 않는 데 관계되네
言不愼機羞自取	말은 기미를 삼가지 않으면 부끄러움을 스스로 취하고

德難忍苦悔由生　　덕은 괴로움을 참기 어려우나 후회는
　　　　　　　　　이로 말미암아 생기나니

如今老至猶無行　　지금에 와서 늙었으나 오히려 행실이 없으니

何面他時見父兄　　무슨 얼굴로 이후 부형을 뵈오랴

　이 시에는 호연재의 인생에 대한 성찰이 드러난다. 기련에서 보이는 것
은 그의 자성적 자세이다. 그것도 밤을 새워가며 하는 '고요하고 엄격한'
자성이다. 함련과 경련에서 그는 도덕적 또는 물리적 성패가 바로 인간의
행위 의지에 달려 있다는 점을 되풀이 보여준다. 부지런함 · 정성스러움 ·
신중함 · 고통의 인내 등이 바로 인간이 추구해야 할 자세라는 관점이다.
흥미 있는 것은 결련이다. 호연재는 인간이 수행해야 할 목표를 알면서도
그대로 행하지 못한 점에 대해 '부형의 얼굴 대하기가 부끄럽다'는 말로 자
성의 결구를 삼았다. 돌아가신 부모님과 오빠들에 대한 그리움이 엿보이면
서 이 모든 성찰이 궁극적으로 진정한 효, 진정한 우애로 수렴될 수 있는
것들이라는 그의 시각이 함축된다.
　김호연재에게 드러나는 한 가지 특성은 다른 작가들에 비해 그의 관심
영역이 공적 사건들로 확대되어 있다는 점이다. 그의 시에는 국상과 신왕
의 즉위, 인재에 대한 욕구를 드러낸 것들이 보인다.

〈국상(國喪)〉

東方不弔遭艱憂　　우리 나라를 불쌍히 여기지 아니하시어

국상 만나니

田野愚民哭未休   시골 백성들 통곡을 그치지 않네

四紀君恩何處問   사기간의 임금님 은혜를 어디 가서 물을까

回瞻北闕恨悠悠   돌이켜 대궐을 바라보니 한이 길구나

호연재가 세상을 떠나기 2년 전(1720)에 46년간 나라를 통치했던 숙종이 붕어했다. "사기간의 임금님 은혜"라 한 것은 일기가 12년이므로 숙종의 통치 기간을 약 4기로 요약한 것이다. 여기서 그의 죽음을 애통해하는 시골 백성들은 관직에 오른 적이 없는, 그래서 임금의 은혜가 무엇인지도 모르는 일반 백성들이다. 이것은 숙종대왕이 모든 백성들에게 은혜를 베푼 훌륭한 임금이었음을 암시하는 것이고, 따라서 아마 호연재는 백성들이 평소 국왕의 존재를 알든 모르든, 그 통치 아래에서, 또는 그 통치 덕분에 모두가 잘살고 있다는 것을 보여주려 했을지도 모른다. 그러나 다른 한편 통곡을 그치지 않는 백성들의 순수한 마음을 통해 어렵고 고단한 삶 속에서도 정말 국왕에게 한마음을 갖고 있는 이들은 바로 이름없는 백성들임을 보여준다. 승구의 "임금님 은혜를 어디 가서 물을까"는 임금의 은혜에 대한 회의가 아니라 다시 받을 수 없게 된 그 은혜에 대한 그리움을 보여주고, 이미 붕어하시어 그것이 불가능하게 된 현실을 한탄하는 것이다.

호연재는 숙종의 위를 이어 경종이 즉위하자 역시 시를 썼다.

〈사왕이 즉위하심을 듣고(聞嗣王卽位)〉

今聞新主卽王位   지금 새 임금께서 왕위에 오르시어

文武相承自法程   문무를 서로 이어 받으시니 스스로 법의 과정일세

唯願吾君明聖德   오직 원하옵건대 우리 임금께서 성덕을 밝히사

東方日月繼昇平   동방의 일월이 승평세대를 계승하소서

이 시는 아마도 〈국상〉과 같은 해인 숙종 46년인 경종 즉위년(1720)에 쓰여졌을 것이다. 김씨는 경종 2년(1722)에 세상을 떠났다. 숙종 연간 세자 책봉 문제로 노론 사대신 중 일인인 김수항이 사사되지만 몇 년 후 노론이 득세하면서 다시 복권된다. 그가 여기서 신왕에게 성덕을 기원한 것은 일반적이고 관용적인 표현이기는 하지만, "오직 원하옵건대(唯願)"라는 구절에는 숙종 연간의 인현왕후·장희빈 등 왕실 여성들과 권력 쟁투, 왕위 계승을 둘러싸고 일어난 문제, 또한 경종이 무자하고 후에 세제로 책봉된 연잉군과의 관계 등 복잡한 왕실의 문제를 잘 알고 있었고, 여기에는 모든 갈등이 군왕의 밝은 덕에 의해서만 해결될 수 있으리라는 그의 믿음이 함축되어 있었을지도 모른다.

대체로 호연재가 다른 여성 문사들에 비해 시사(時事)에 관심이 많았던 것은 가문의 영향이 큰 것으로 보인다. "벽 위의 청룡도가 공연히 절로 우니, 어느 때에나 갑에서 솟구쳐 나와 뭇 영웅들에게 가서, 바람을 타고 장쾌히 장강을 건너가, 흉악한 무리들을 다 죽이고 명나라를 회복할까"라고 읊

은 〈청룡도(靑龍刀)〉에서도 그러한 점이 드러난다. 이 시는 임진란 이후 명을 은혜의 나라로 여기면서 명나라를 멸망시키고 청을 세운 만주족에 대해 갖고 있었던 미움을 보여준다. 호연재의 고조부 김상용은 병자호란 때 빈궁과 원손을 수행하여 강화도로 피란을 갔다가 그곳에서 순절했다. 그는 청나라에 불복하고 척화를 반대하다가 심양으로 끌려가 절사한 김상헌의 형제이기도 하다. 이러한 점에서 호연재의 대명 의리는 그가 가문의 전통에 깊이 뿌리 박혀 있는 인물이었음을 보여주고 있다.

그의 시대 인식은 '만남[遇]' '못 만남[不遇]'에 모아진다. 청룡검은 이를 잘 쓸 수 있는 영웅을 만나야 하고, 그를 삼고초려한 좋은 임금을 만난[得君] 제갈량은 때를 만나지 못했다. 그가 '우' '불우'에 초점을 맞춘 것은 일가인 김수항과 송시열 등의 죽음에서 비롯된 사유도 있겠고, 친가의 오빠들이 벼슬하고 관직이 갈리는 무상함에 기인된 바도 있을 것이다. 〈중형의 체관(仲氏遞官)〉은 아마도 둘째오빠 시윤을 두고 읊은 듯한데, 그는 이 시에서 남아가 세상에 태어나서 응당 충효를 모범으로 삼고 살아야 하지만, 그러나 그것도 밝으신 임금을 만났을 때에는[遇明主] 문무의 직책을 막론하고 "몸을 죽기로써 허하여 죽어도 변치 않는다"는 시각을 보여준다. 반면에 세상이 어지럽고 도에 부합하지 않으면 분토처럼 벼슬을 버리고 돌아볼 필요가 있겠느냐고 회의적인 태도를 취하여, 신도(臣道)에 앞서 왕도 확립의 중요성을 강조한다. 포의로서 산수를 즐기고 하늘과 땅에 부끄러움이 없으면 그것이 바로 장부의 뜻을 이룬 것이라는 주장이다. "미미한 한 고을 진실로 가소로워라 이득과 손실[得失], 다스려짐과 어지러움[治亂]을 어찌 족히 말하리오"라는 시구에서는 청풍 현감을 지내다가 직책을 내

놓게 된 둘째오빠에게 현감이라는 관직이 연연해할 만한 가치가 없다는 점을 인식시키기 위해 노력하는 모습이 보인다.

　안동 김씨 가문 출신으로 일가에 김수항과 그의 아들 김창집·김창협 등 쟁쟁한 인물이 많았으므로 호연재가 시에서도 이러한 공적 세계에의 진퇴에 관심을 갖는 것은 당연할 것이다. 호연재가 19세에 결혼해서 9년 만에 낳은 아들 익흠에게 준 시 〈아들에게(付家兒)〉를 보면 이에 대한 그의 의식이 집약되어 드러난다. 이 시에서는 먼저 천기의 음양과 일월, 사시와 주야, 만물의 산생과 선악 사정, 춘하추동과 절후, 곤충과 금수, 이적과 인간, 오행과 오성, 그리고 성인의 유훈 등 천지의 기운에서 인간의 출현까지의 거대한 우주론과 인성론이 제시된다. 이러한 그의 논의에서 주목되는 것은 '마땅함' '분별' '절도' '법칙'에 대한 관점이다. 이것은 인간의 삶에서 성실함·부지런함 등의 덕목의 중요성을 주장하는 그의 사유와 긴밀히 연관된다. 사람들은 처음 모두 착하게 태어났으나 물욕 때문에 잘못되는 것이므로, 사람된 도리는 어려서부터 성인의 말씀을 부지런히 배우는 데에 있다는 것이다.

　성현의 가르침을 부지런히 배워야 한다는 것은 다시 말해 '가업'을 떨어트리지 말라는 것이지만, 이것이 과거와 벼슬을 의미하는 것 같지는 않다. 그가 구체적으로 아들에게 힘쓰기를 바란 것은 뜻 세움을 높이 하여 족히 여기지 말 것, 행함을 단정히 하여 지조를 굳게 할 것, 얼굴을 가지런히 하여 중심을 경계할 것, 진퇴와 위의를 반드시 실천하여 익힐 것 등으로 그는 이를 아침저녁으로, 그것도 아침에 일찍 저녁 늦게까지 잠시도 게을리하지 말면서 미치지 못할까를 염려할 것을 권면하고 있다. 이러한 점에서 그가 비록 신도에 앞서 다스리는 자의 덕을 내세우고는 있지만, 이것은 신하된 자 개개인의 어려서부터의 부지런한 학업과 수양을 전제한 것이라는 점이 분명히 드러난다.

유덕장필묵죽도(柳德章筆墨竹圖)

조선, 유덕장, 조선 후기 (국립중앙박물관)

7. 인생에서 소중한 건 만족을 아는 것

대학자 아들에게도 끊임없이 경계한 서영수합

　영수합(令壽閤) 서(徐)씨(1753~1823)는 강원도 관찰사와 이조참판을 지낸 서형수의 딸이며 승지 홍인모(洪仁謨)의 부인이다. 서씨는 특히 아들 홍석주(1774~1842)·홍길주·홍현주 삼형제가 모두 당대 대문장가로 이름을 날린 것으로 유명한데, 그의 딸 유한당(幽閑堂) 홍(洪)씨 역시 시재가 뛰어났다.

　서영수합은 본래 시를 몰랐으나 임지에서 비교적 한가했던 남편의 지도로 시에 눈을 뜨고 남편과 창화했다고 한다. 그는 결혼하기 전 여자가 문사에 능하면 운명의 기박함이 많으므로 금해야 한다는 어머니의 생각 때문에 글을 배울 수 없어 때때로 여러 형제들을 따라가 옆에서 그들이 읽고 읊는 것을 들었다. 나이 15세가 되기 전에 이미 경적을 널리 섭렵하였는데, 상세로부터 우리 나라 것까지를 망라했다. 어린 맏아들 석주를 교육할 때에는 "침상에서도 고인의 격언과 아름다운 행실을 이야기하듯이 들려 주었고 혹 구두로 경전(經傳) 시문을 주야로 가르치셨다"는 행장의 기록을 보면 그는 이미 일찍부터 시작(詩作)의 기초를 갖고 있었던 것으로 보인다.

　영수합의 딸 유한당 역시 시를 남겼는데, 시제(詩題)가 대부분 어머니가 읊은 것과 유사해서 모녀가 함께 시를 즐겼던 자취를 보여준다. 이로 보면 호연재 집안처럼 서씨의 집안도 남편·아들·딸과 시를 창수한 문학 가문이었다. 유한당이 셋째동생 현주에게 준 시 가운데 "양친을 에워싸고 함께 즐겼고, 뜰에서 쫓아다니며 채색 옷을 펄럭였지. 흥금을 활짝 열어 회포를 논했으며 책상을 함께하며 책을 읽었었지"(〈아우를 보내며, 送舍季詩〉)라는 구절에도, 비록 시의 창수 사실은 보이지 않으나 부모님 슬하에서 함께 공부하고 놀며 이야기하던 즐거웠던 추억이 담겨 있다.

그의 문집 『영수합고(令壽閣稿)』는 남편 홍인모의 문집 『족수당집(足睡堂集)』에 부록되어 간행되었는데, 여기에는 서씨의 시 192편과, 홍석주가 쓴 행장, 홍길주와 홍현주의 발문이 수록되어 있다. 서씨의 행장에 의하면 그는 부귀영화가 오히려 화를 일으킬 수도 있다는 점을 늘 경계하여, 석주가 급제하여 벼슬이 오르고 현주가 정조의 부마가 되자 이를 근심했으며, 길주가 문과 급제를 위해 열심히 공부하는 것을 보고 문호가 이미 번성하였음을 말하여 결국 과거를 포기하게 했다고 한다. 다음 시는 영수합의 이러한 삶의 자세를 잘 보여준다. 그는 사행을 떠나는 아들에게 나랏일은 때가 있으니 집 생각에 연연하지 말라고 경계하면서 밖에서 칭찬이 들리면 아들이 곁에 있는 것보다 낫다고 하면서도, 아들이 노정에서 고생하지 않을까 마음 졸이며 공과 사에서 갈등하는 양면 의식을 보여준다.

〈청나라에 사행중인 맏이에게 - 계해년에 지음 (寄長兒赴燕行中 癸亥)〉

握手不忍別　　손잡고 차마 헤어지지 못해

悠悠意不窮　　그 애절한 마음 끝이 없구나

擧頭望行塵　　머리 들어 길거리 먼지 바라보니

蕭蕭起秋風　　쓸쓸히 가을 바람 일어나네

送汝向何處　　너를 어느 곳으로 떠나 보내는고

燕雲三千里　　연경의 구름 삼천리 밖이구나

征鞭去珍重　　사행길 부디 조심하거라

何用戀兒子　　아들을 그리워한들 무슨 소용 있으리

王事皆有期　　나랏일은 모두 때가 있는 법

勿爲戀家鄕　　집 생각에 연연하지 말아라

令聞日以彰　　날로 잘한 일 들리게 하면

勝似在我傍　　내 곁에 있는 것보다 나으리니

涼風忽已至　　서늘한 바람 홀연히 이미 이르렀구나

遊子衣無寒　　길 떠난 아들 옷이 춥지나 않은지

念此勞我懷	이런 염려 내 마음을 괴롭히니
種種報平安	이따금씩 소식 좀 전해다구
先聖有遺訓	선성께서 남기신 교훈에
莫若敬其身	그 몸을 공경하는 것이 가장 중요하다 했나니
常存履氷戒	항상 살얼음 밟듯 경계하는 마음 가지면
身安德日新	몸은 편안하고 덕은 날로 새로우리

계해년은 1803년으로 영수합이 51세 되던 해이다. 위의 시는 청나라에 사행중인 맏아들 홍석주에게 준 시로 이 때 홍석주의 나이 28세였다. 이미 장성했지만 한편으로 먼길 떠나는 아들이 서늘해지는 날씨에 춥지나 않을까를 염려하는 모정을 보여주면서, 다른 한편으로는 집 생각에 연연하지 말고 나랏일을 잘 할 것을 권하는 공적 의식을 드러낸다. 그러나 아들에 대한 염려는 단순히 먼나라에 간 사신으로서 겪는 개인의 고통 때문만은 아닌 듯하다. 그가 우려한 것은 살얼음판 같은 환계에서의 처신의 문제였다. 둘째 아들에게 문호의 지나친 번성을 경계하면서 과거를 보지 말라고 한 것도 바로 그러한 염려 때문이었다.

따라서 '몸을 소중히 하라는' 경계는 맏아들뿐만 아니라 정조의 부마인 셋째아들 현주에게 준 시에서도 되풀이된다. 그는 셋째아들이 부쳐 온 시에 차운하면서도 "너 돌아올 것 기다려 잠 못 이루고, 푸른 등불 온 밤을 길이 타고 있네. 배회하며 북극을 바라보고, 쓸쓸히 남쪽 구름 바라보네"라는 사사로운 어머니로서의 그리움을 표출하면서도 다시 "은근히 여러 장 편지를 쓰노니 우리 임금께 보답하도록 노력하여라"라고 공인의 어머니로서의 입장으로 돌아간다. 그러나 그의 진정한 근심은 환계의 어려움에 있었고, 이 때문에 아들이 그리워 잠을 이루지 못하면서도 "오래 이별했음을 저어하지 않노라. 단지 원하기는 행동거지 신중히 하는 것"이라고 경계하고 있는 것이다.

　그의 경계는 자식들에게 잘 전달된 것 같다. 홍석주는 좌의정까지 지냈으나 자품이 고요하고 겸허하여 정승의 위에서도 처하기를 평민과 같이 하였다고 했다. 사실 홍씨 가문은 홍상한·홍낙성·홍석주 등으로 계속 고관대작을 지낸 집안이었다. 영수합은 여성 시인들 중 시에서 아들들에 대한 관심과 경계를 가장 많이 보여준 인물로서 무엇보다 그는 '지족(知足)'의 도를 자식들에게 펴고자 했다. 그는 "인생에서 소중한 건 만족을 아는 것, 궁하고 달함을 어찌 다시 논하랴"(〈봄날의 농가, 春日田家〉)라 하여 "만족을 아는 것"의 중요성을 강조했다. 그의 삶이 담백함을 지향한 것도 이와 연관된다.

〈현서댁춘매(賢西宅春梅)〉

我年髫齔 入門初　　내 나이 어렸을 때 처음 문안에 들어가 보니

墻角新梅正欲舒　　담 모퉁이에는 새 매화가 곧 피려 할 때였네

嫩蕊橫垂朱檻近	연약한 꽃술은 붉은 난간 근처에 비낀 채 드리웠고
瘦枝半拂碧階疎	파리한 가지는 푸른 계단에 드문드문 반나마 떨구고 있었네
豪華曾識尙書宅	일찍이 호화로운 상서 댁인 줄 알았건만
淡白還同處士廬	담백하기 오히려 처사의 오두막 같았네
傳道風光念已老	세월이 지금 이미 늙었음을 전하여 말하느라
殘花猶發數條餘	쇠잔한 꽃으로 피어나 가지마다 남아 있네

  영수합이 7, 8세 되던 어린 시절 어느 고관의 집에 갔을 때 제일 먼저 눈에 띈 것이 담 모퉁이에 피어 있던 매화였던 것 같다. 호화로울 줄 알았던 상서댁이 처사의 집과 같이 담백해 보이는 것은 바로 연약하고 파리한 가지를 늘어뜨린 매화나무가 부여한 분위기에 기인된다. 이제 세월이 지나 나이 들어 다시 찾은 그 댁의 매화나무에는 여전히 쇠잔한 꽃들이 몇 군데 남아 있었다. 그가 어렸을 때 보았던 매화를 상기하면서 지금도 꽃을 피우고 있는 그 모습에 특히 눈이 간 것은 아마 어릴 적부터 매화가 보여주었던 담백한 아름다움을 사랑했기 때문인 듯하다. 매화의 담박한 자태는 군자의

상징으로 우리 한시사에서 지속적으로 형상화되어 왔고, 서영수합 역시 그 선상에서 매화를 받아들이고 있는 것으로 보인다.

이처럼 서영수합은 남편과의 창화를 위해 시를 배웠고, 모정을 표출하는 데 사용했으며, 남편을 따라 임지에 가서 보게 된 경물을 그리기도 했다. 그는 시를 읊었을 뿐 이를 써서 남기려 하지 않은 소극적인 작가였으나 〈바둑판을 보며(觀碁局)〉와 같은 작품에서는 천하의 형세를 생각하는 역사 인식과 숨겨진 흉금을 드러내기도 한다. 그는 바둑판에서 끝내 나라를 망친 진나라 간신 조고의 위세, 군웅들의 할거와 싸움, 그리고 마침내 이루어진 유방의 한나라 창건, 그리고 다시 후한 광무제의 중흥의 역사를 읽는다. 그러나 영수합의 안목은 바둑판에서 천하사를 읽는 데서 끝나지 않는다. "흥망이 바둑판 하나로 끝나는데, 무슨 일로 항상 찌르고 재촉하는가. 날 저물어 일어남을 고할 때, 여흥이 그래도 만족스럽지 않구나"라는 끝맺음은 허무한 권력을 위해 목숨을 걸고 싸우는 소위 영웅들에 대한 회의와 비판 의식을 함축하고 있다.

그러나 그는 시를 짓는 것이 여성의 본분이 아니라 해서 처음에 조금씩 알게 된 것이 있어도 절대 즐겨 붓을 잡고 종이를 대하려 하지 않았다고 한다. 서씨는 시 짓기가 "부인의 일이 아니다"라 했을 뿐 아니라, 남편이 세상을 떠난 후에는 다시 시 짓기를 하지 않았다고 한 데에서도 그의 이러한 태도가 단호했음을 알 수 있다. 그러나 아들 석주가 필사하여 보관함으로써 세상에 그의 이름이 전해지게 되었다.

8. 그리워 보고 싶다 쓰신 말들은 안방의 부녀자나 하는 거라오

남편의 등제(登第)에 자신의 꿈을 실었던 김삼의당

삼의당은 영조 45년(1769)에 전라도 남원 동춘리 서봉방에서 출생했으며 정확한 사망 연대는 알 수 없다. 열여덟 살 때 같은 동네에 사는 하립(河湜)과 결혼했는데 두 사람의 생년월일이 같다 하여 기이한 인연으로 여겼다. 혼인하는 날 밤에 하립은 그들 부부가 광한전 신선으로 하계한 천정배필이라는 시를 읊으면서 특히 부부지도가 인륜의 시작이니 집안의 화목을 위해 애써 줄 것을 당부했다.

이에 대해 김삼의당은 부부가 같은 해 같은 달 태어난 사실이 어찌 우연이겠느냐고 하면서 공경하고 순종하여 남편의 뜻을 거스르지 않겠다고 다짐했다. 결혼하는 날 쓴 시 〈머리를 올리는 날에(笄年吟)〉 3수 중 제2수를 보자.

生長深閨裏　　깊숙한 안방에서 나고 자라나

窈窕守天性　　얌전하게 천성을 지켜 나가네

평생도 중 3폭 평양관사
조선, 전 김홍도, 18세기 (국립중앙박물관)

曾讀內則篇　　일찍이 내칙편 읽은 끝이라

慣知家門政　　집안 살림 꿰뚫어 알고 있다네

於親當盡孝　　어버이께 마땅히 효도 다하고

於夫必主敬　　지아비께 반드시 공경하리라

無儀亦無非　　잘하는 일 없지만 잘못도 없이

惟順以爲正　　순종함을 정도로 삼을 뿐이네

　이 시에서 삼의당은 남편을 공경하고 시부모님께 효도하겠다는 마음을 표출하고 있다. "일찍이 내칙편을 읽었고 집안 살림을 익숙하게 알고 있다"는 구절을 보면 화자의 태도는 매우 자신만만해 보인다.

　주목되는 것은 결련으로, 그 내용은 시경 소아 〈사간(斯干)〉편의 "딸을 낳으니 잠자리를 돌보고 속을 짓고 그릇을 만질 일이다. 잘하는 일도 없고 잘못하는 일도 없이 술과 음식을 보살펴 부모에게 허물이나 끼치지 않았으면 한다"라는 구절에 근거한 것이다. "잘하는 일 없지만 잘못도 없다(無非無儀)"의 주해에 의하면 "잘못함이 있어도 훌륭한 아내가 아니요 잘하는 것도 훌륭한 아내가 아니다. 여자는 순종하는 것을 정도로 삼으니 잘못함이 없으면 족하고 너무 잘하는 것이 있다면 좋은 징조로 바랄 일이 아니다"라고 되어 있다. 잘하는 것도 없지만 크게 잘못함도 없다는 것은 여성의 덕행을 겸양하여 하는 말이다. 그러나 무엇보다 남편에 대한 순종을 가장 큰 덕목으로 간주하는 시각은 분명히 드러나고 삼의당 역시 이를 그대로 받아들인 것이다. 이로 보면 첫날밤 남편과 주고받은 시에 드러나는 순종 다짐은 결혼하는 날 아침 그가 이미 스스로 자임하고 맹세했던 것임을 알 수 있다. 그러나 삼의당은 과거 급제를 위해 남편을 몰아친 맹렬 여성이었다는 점에서 '순종' 의 의미가 그렇게 단순하지 않아 보인다.

남편에게 순종하고 공경함을 가장 큰 덕목으로 내세우면서도 삼의당은 학문이 뛰어났고, 그러한 자신에 대한 자부심이 매우 컸던 사람이었다. 〈글을 읽고 나서(讀書有感 九首)〉에서는 성현의 가르침이 시경 한 권에 수록되어 지금도 노래불려지고 있으나, 우리 호남의 좋은 노래는 그 누가 모아다가 곡조를 붙일지 아쉬워하며, 자신들의 노래 역시 모아주는 이가 있으면 시경 같은 책을 만들 수 있다는 호기를 보여준다.

이와 같은 점에서 그가 자기 의사 없이 남편의 뜻을 그대로 따르는 삶에 만족하지 못한 것은 당연하게 보인다. 김삼의당은 과거 입신으로 가문을 일으켜야 한다는 집념이 너무 강했다. 그는 명문에 대한 욕구가 매우 큰 여성이었다. 삼의당은 자신의 책임이 남편에게 공부할 수 있는 여건을 만들어 주어서 과거에 급제하고 가문을 일으키게 하는 데에 있다고 생각했던 것으로 보인다. 이것이야말로 바로 그의 유학 정신의 핵심이기도 하다. 따라서 그의 모든 관심은 남편의 과거 급제에 모아지고 있었다. 그는 남원에서 살면서 남편의 과거 공부를 뒷바라지했다. 남편이 과거를 위해 떠날 때 "부모께 영광드릴 일 아니면, 내 어찌 당신을 이별하리요" 라 하여 이를 위해서는 궁핍한 생활 속에서도 남편과 떨어져 사는 괴로움을 감내할 수 있다는 마음과 남편이 뜻을 길러 성공하기를 바라는 강렬한 욕망을 숨기지 않는다.

삼의당의 남편은 낙방을 거듭하면서 점차 과거 급제와 관직에 나아가는 꿈을 버리고 싶은 마음을 갖게 된 것 같다. 그러나 이를 눈치챈 삼의당이 남편에게 어버이와 아내에 대한 "한낱 사모하는 정으로 학업을 해치고 입신양명할 마음으로 급선무를 삼고 있지 않으니 장차 무엇으로 부모님의 기대와 아내의 소망에 보답할 것입니까"라고 질책을 아끼지 않았다는 점에서 그가 결혼하면서 스스로 다짐한 순종의 의미를 재고하게 한다. 남편의 뜻을 헤아려 따르기보다 남편에게 안방을 생각하지 말고 과거에 계속 응시할 것을 요구했기 때문이다. 금실 좋은 부부로서 이렇게 떨어져 사는 것이 자신도 괴롭지만 따뜻하게 입고 배불리 먹으며 편히 지내는 졸장부가 되어서는 안 된다는 꾸짖음이다. 급제와 벼슬은 삼의당에게는 유학적 이념의 실천이기 때문에 남편이 뜻을 포기하지 않게 하는 것이 진정한 의미의 순종이라고 간주한 것으로 보인다. 다음 서신은 시댁의 가문을 일으켜야 한다는 삼의당의 집념을 잘 보여준다.

〈남편을 서울로 보내며(送夫子入京序)〉

……지금 하씨(河氏) 중에서 조정에 벼슬하는 이가 드물고 학교에 들어가 공부하는 사람도 적습니다. 이렇게 된 것은 후손이 번성하지 않아서 그런 것입니까, 아니면 살림이 기울어져서 그런 것입니까? 호남과 영남 사이에 하씨가 있다는 것은 알아도 하씨 집안의 명성은 들어보지 못했으니, 후손 된 자로서 그 누가 슬퍼하면서 눈물을 흘리지 않을 수 있겠습니까? 더욱이 늙으신 부모

님은 돌아가실 날이 가까웠는데도 아직까지 기쁜 표정을 지으실 경사를 보여드리지 못했으니 자식된 정이야 더욱 어떠하겠습니까? 음식을 마련해서 끼니를 챙겨드리는 일은 제가 맡아 할 것이니, 당신은 밖에서 빨리 과거에 급제하시어 부모님을 영화롭게 해드리도록 하십시오. 당신의 나이 지금 20세이고 신체 건장하니 지금이야말로 힘을 내고 뜻을 가다듬을 때입니다. 따뜻하게 입고 배불리 먹으며 편히 지내면서 졸장부처럼 지내서야 되겠습니까? 우리처럼 금실이 좋고 정겨운 부부로 지내오다가 헤어지게 되니, 저 같은 아녀자의 마음에야 어찌 이별의 회한이 없겠습니까? 다만 바라는 마음이 있기 때문에 당신을 천리 밖으로 보내고 가슴속으로만 간절히 그리워하는 것입니다. 삼가 신혼의 정 때문에 마음을 어지럽히지 마시고 부모님 생전에 과거에 급제하기를 힘쓰십시오. (후략)

다음 시는 과거를 준비하면서 아내를 그리워하는 남편의 시와 이를 보고 남편을 질책하는 삼의당의 시이다.

〈남편이 화답한 시(附夫子次韻)〉

死當乃己是吾心   죽기로 다짐하고 시작한 이 몸이라

手裏詩書不絶吟   손 안의 시서(詩書) 책 언제나 읊조리네

夜夜相思何處在   밤마다 그리워하노니 어디에 있소

美人端坐五雲深　　단정한 그대 모습 구름 속에 보이는 듯

　　남편이 서울에서 편지를 보내면서 그 끝에 시를 써 붙였기로 내가 그 시에 화답하다.

〈서울 계신 남편에게〉

大丈夫何學女兒　　대장부가 어찌하여 여자 행실 배우나요

致君堯舜此其時　　요순 같은 임금을 만날 지금에

情書一面相思字　　그리워 보고 싶다 쓰신 말들은

惟在閨中婦子宜　　안방의 부녀자나 하는 거라오

　　남편이 밤마다 아내를 그리워하는 심정을 표출하자 삼의당은 '그리움'이라는 글자가 아녀자나 하는 말이라 비판하면서 대장부가 어찌 아녀자를 배우려 하느냐고 꾸짖는다. 문제는 남편이 과거를 포기하고 집으로 돌아가고 싶은 마음이 매우 간절했고, 그 간절함을 편지에 드러내면서도 대할 면목이 없어 돌아가지 못하고 있었다는 것이다. 그럼에도 삼의당은 "대장부 바깥일에 몸 바침이 마땅하니 머리 돌려 안방 생각 아예 하지 마소서"라고 모른 척한

다. 이것은 결혼 날과 첫날밤 다짐했던 순종 다짐과는 거리가 있어 보인다.

아마도 삼의당이 의미하는 순종에는 남편의 흔들리는 마음을 바로잡아 뜻을 세워 주고 그 성취를 위해 온 힘을 바치게끔 면려하는 것 역시 포함되어 있는 듯하다. 그렇기 때문에 남편이 뜻을 이루지 못하고 돌아왔을 때에도 "부귀는 하늘에 달린 일이어서 과거는 단번에 뛰어오를 수 없고 궁하고 달하는 것은 때가 있으니 뜻을 둔 일을 한 번만에 끝낼 수는 없습니다. 다만 뜻이 있는 사람은 마침내 그 일을 이룰 것이니 더욱 열심히 공부하셔서 다시 응시하십시오"라 하여 여전히 남편의 입신양명에 대한 희망을 버리지 못했다. 그러나 끝내 뜻을 버린 남편이 농토를 얻을 수 있는 전라도 진안 산골에 들어가 농사를 지으며 살기를 원하자 삼의당은 그의 말을 따랐을 뿐 아니라 오히려 솔선해서 집을 옮겨 평화로운 만년을 보냈다.

1930년에 간행한 그의 문집 『삼의당고(三宜堂稿)』는 2권 1책으로 되어 있으며, 99편의 시와 19편의 산문이 수록되어 있다.

이인상필 노송도
조선, 이인상, 18세기
(국립중앙박물관)

9. 의식 문제는 관심 갖지 마셔요

남편의 진정한 지적 동반자 강정일당

정일당(靜一堂) 강(姜)씨(1772~1832)는 제천에서 태어나 20세에 결혼했고, 서울에서 세상을 떠났다. 남편은 탄재(坦齋) 윤광연(尹光演)이다. 강씨는 생계를 꾸리기 위해 바쁘게 돌아다니는 남편에게 글공부를 권하고 대신 침선을 부지런히 하여 집안을 지탱했을 뿐 아니라, 공부하는 남편 곁에서 듣고 본 것을 기초로 자신도 학문을 닦고 일가를 이루었다.

정일당은 남편을 격려하거나 그를 대신해 지은 작품이 여러 편 있어 남편과 생활에 있어서뿐 아니라 학문과 문장에 있어서도 진정한 지적 · 정서적 동반자였음이 드러난다. 〈당신께 올립니다(呈夫子)〉라는 시에서 "저는 재덕 없음이 부끄럽지만, 어려서 바느질은 배웠답니다. 참 솜씨 모름지기 스스로 힘쓰오니 의식 문제는 관심갖지 마십시오"라고 한 것처럼 그는 오로지 남편에게 학문에 힘쓰고 성인의 가르침을 좇는 군자가 되기를 바랐다. 강정일당이 남편에게 쓴 쪽지 편지 가운데 "이제 장차 진지를 올리려 하오니 원컨대 개의하지 마시고 다 드시기 바랍니다. 오늘 집안에 먹을 것이 똑같이 넉넉하여 청컨대 그를 염려하지 마십시오. 설령 넉넉하지 못하다 해도 군자란 밥과 숟가락 사이의 소소한 일에 관심을 가지실 필요는 없습니다"라는 구절에서도 정일당의 그러한 진정을 확인할 수 있다.

그러나 강정일당은 김삼의당과는 달리 끼니를 며칠씩 걸러야 했던 어려운 형편에서도 남편에게 '입신양명'을 거론한 적이 없거니와, 다음의 편지는 그가 지향하는 바가 무엇인지를 잘 보여준다.

저는 일개 부인으로 몸이 규방에 갇혀 있고 듣는 것도 아는 것도 없습니다만 오히려 바느질하고 닦고 청소하는 틈에 옛 경적을 열람하며 그 이치를 궁구하고 그 행실을 본받아 이전의 수양한 사람들과 함께 돌아가고자 생각합니다. 하물며 당신은 장부로서 마음을 세워 도를 찾고, 스승을 좇아 벗을 취하며, 열심히 진보하여 더욱 나아지면 무엇을 배워 할 수 없으며, 무엇을 강론하여 밝히 알지 못하고, 무엇을 행하여 도달하지 못하겠습니까. 인을 통하여 중정(中正)을 세움에 이르면 성인이 되고 현인이 되는 것이니 누가 그를 막을 수 있겠습니까. 성현도 장부이고 나도 장부입니다. 무엇을 두려워하여 하지 못하겠습니까. 만번 애원하오니 당신께서는 날로 그 덕을 새롭게 하셔서 반드시 성현이 되실 것을 기약하십시오.

위 글의 핵심은 누구나 성인이 될 수 있다는 인간의 가능성에 대한 확신이다. 정일당은 성현과 범인과의 차이를 두지 않는 것처럼 남성과 여성의 차이도 두지 않았다. 그는 어떤 틀을 규범으로 하기보다 스스로 끊임없는 자기 수양을 통해 인(仁)을 이룰 수 있다는 믿음을 보여준다.

〈본성은 선한 것(性善)〉

人性本皆善   인간의 본성은 원래 선한 것

盡之爲聖人   본성대로 다하면 성인이 되네

欲仁仁在此   어질고자 하면 어짊은 바로 여기에 있으니

明理以誠身   이(理)를 밝히고 몸을 성실히 하리

그는 누구나 성인이 될 수 있고 인(仁)이 멀리 있는 것이 아니라 자기 마음과 의지, 그리고 목표에 있음을 강조한다.

강정일당은 일상 생활에서의 행동거지 모두에서 남편을 권면하고 경계했다. 그는 얼마 전 남편이 누군가를 책망하는 것을 들었는데 그 목소리가 지나치게 사나워 도에 맞지 않았음을 경계하면서, 이렇게 해서 설혹 그 사람을 바로잡았다 하더라도 자기가 먼저 바르게 하지 않으면 옳은 일이 아니라고 단정했다. 또 그의 남편이 얼마 전 무슨 일로 어떤 사람을 책망하는 것이 준절함을 지나쳤음을 지적하면서 "목소리와 얼굴빛과 말씀은 군자의 가장 중요한 것이니 마땅히 힘을 써야 할 부분"임을 경계했다.

한번은 정일당의 남동생이 추위를 무릅쓰고 피로에 지쳐 멀리서 찾아왔을 때 남편이 그를 위해 밥을 짓도록 했다. 마침 그때 시숙부가 오신 지 열흘 가까이 되는데, 죽으로 대신하거나 심지어 식량이 떨어져 끼니를 거르기도 했던 참이었다. 강정일당은 이러한 때에 만약 동생을 위해 밥을 지으면 남편이 처가 식구를 자신의 일가보다 가까이 여기는 것이 되고, 자신은

사가의 형제가 남편의 일가보다 소중한 것이 되어 명령을 따르지 못한다는 쪽지 편지를 보낸다. 편지 내용으로 볼 때에는 친정에 대한 배려가 고마우면서도 민망해서 그러한 것이라기보다 남편의 행위가 예법에 어떤지에 대한 시비를 논하고 있는 것이다.

서당의 학동들이 가져온 선물에 대해서도 왜 어떤 것은 받고 어떤 것은 물려야 하는지를 엄격하게 따졌다. 물건 받기를 거절한 아이의 경우는 자신의 집이 사흘 동안 불을 때지 못한 데 비해 아동의 집은 나흘이나 집에 불을 피우지 못했다는 것과, 더욱 그 선물이 학동의 부모가 보낸 것이 아니고 그가 스스로 가져온 것이기 때문이었다. "비록 한 되의 쌀, 한푼의 동전이라도 의리상 편안하지 않다"고 하면서 지난번 다른 아이의 선물을 받은 것은 비록 한 섬이나 되는 쌀이지만 주고받음이 정의에 맞는 것이고, 또 어버이의 명령으로 한 것이므로 사양하는 것이 마땅하지 않기 때문이라고 하였다. 남편 역시 함부로 선물을 받지 않았다. 과거보러 가던 유생들이 그를 찾아오면서 가져온 선물은 모두 받지 않았다. 강정 일당은 이를 아주 잘한 일이라고 칭찬하면서 그 이유가 첫째는 내가 남에게 덕을 베풀지 못했는데 큰 선물을 받는 것이 불가하기 때문이고, 둘째는 성의를 베푼 뜻이 어디에 있는지 모르기 때문이라고 했다.

사실 두 사람의 생활은 너무도 궁핍했다. 사흘 동안 조석을 끓이지 못하는 날들이 비일비재했는데, 그러던 어느 날 아동이 가져온 호박 넝쿨 속에서 호박을 찾아내 국을 끓였으나 함께 올리고 싶은 술 한잔도 여의치 않아 국만 올리게 되어 탄식함을 이기지 못하겠다는 편지가 있다. 한번은 밤 한 되와 고기 여러 조각을 받았는데, 며칠 지나 보니 밤은 쥐가 반이나 먹고 고기는 상했다. 상한 부분을 잘라내고 화롯불에 묻어 구운 후 술을 조금 사서 남편에게 올리면서 이 것이 얼마나 어려운 사람에게서 온 것인가를 생각하고 조금이라도 시장끼 를 면하면 시간을 허비하지 말고 공부하라고 했다.

강정일당은 정말로 학문을 좋아했던 여성이었다. 다음의 글 역시 그가 남편에게 보낸 쪽지 편지에서 나온 것이다.

들판에 새로 서늘한 기운이 들어오니, 바로 등불을 가까이할 때입니 다. 모름지기 손님을 대접하고 필요한 일을 하시는 부득이한 경우를 제 외하고는 뜻을 오로지 하여 글을 읽으시기 바랍니다.

저도 바느질하고 식사를 차려드리는 일을 하는 여가에, 한밤중 방장을 내리는 때에 글자를 보고 깨닫는 일을 할 작정입니다. 지난번 사서를 읽 는데, 맹자 하권의 세 편은 아직도 끝내지 못했습니다. 그러나 오래지 않 아 응당 끝낼 것입니다. 생각으로는 지금부터 당신을 따라 주역을 해석 하고 싶으나, 손님이 오래 머무르신다면 할 수 없습니다. 가까이 김세마 (헌)에게 편지를 써서 『시서대전』을 빌려주실 수 있도록 해주시기를 엎드 려 바라나이다.

그의 시 창작은 유학적 의리의 수행과 동일한 차원에서 이루어졌다. 섣 달 그믐날 밤의 감회를 적거나 뜨락의 풀을 뽑으면서, 또는 가을 매미 소리 를 들으며 지은 시에서 그의 정회를 토로할 만한데, 이들 시에도 유도 정진 의 다짐만이 들어 있다.

〈섣달 그믐날 밤에 우연히 지음(除夜偶作)〉

古聖傳斯道   옛 성인들이 유도(儒道)를 전하셔서

人人所共由   사람마다 함께 따르네

心月印寒水   밝은 마음은 차가운 물에 비치고

淸光炯千秋   맑은 빛은 천추에 빛나니라

相傳一敬字   '경(敬)' 한 글자 서로 전하는데

關鍵孰能抽   핵심을 어느 누가 뽑아낼 수 있을까

騖遠徒虛勞   멀리 달리기만 하면 단지 헛수고일 뿐

力進須近求   힘써 나아가되 모름지기 가까이서 찾으라

終身宜自强   종신토록 마땅히 자강불식할지니

望道敢遲留   도를 바라면서 감히 늑장부릴 수 있으리

이 시에서는 '경(敬)'의 중요성을 강조하면서 자기 자신부터 먼 저 힘쓸 것을 내세우고 있다. 이것은 그가 유학을 관념적인 사상

체계에서 끌어내려 일상 생활에서 끊임없이 자기 수행을 하는 규범으로 삼고 있음을 의미한다. "부디 좋은 세월을 헛되이 보내지 않도록 하라 마땅히 거울로 삼아라 배우지 않는 자는 형편없이 영락해 가난한 집에서 탄식하게 될 것임을"(〈스스로 힘씀, 自勵〉) 같은 시에서도 가난한 선비의 아내로서 끝까지 자신을 채찍질하는 면모를 보여준다. 강씨 사후 그의 남편이 시 38수, 척독 82편, 잡저·묘지명 등 150편의 시문을 수록한 『정일당유고(靜一堂遺稿)』(1836)를 간행했다.

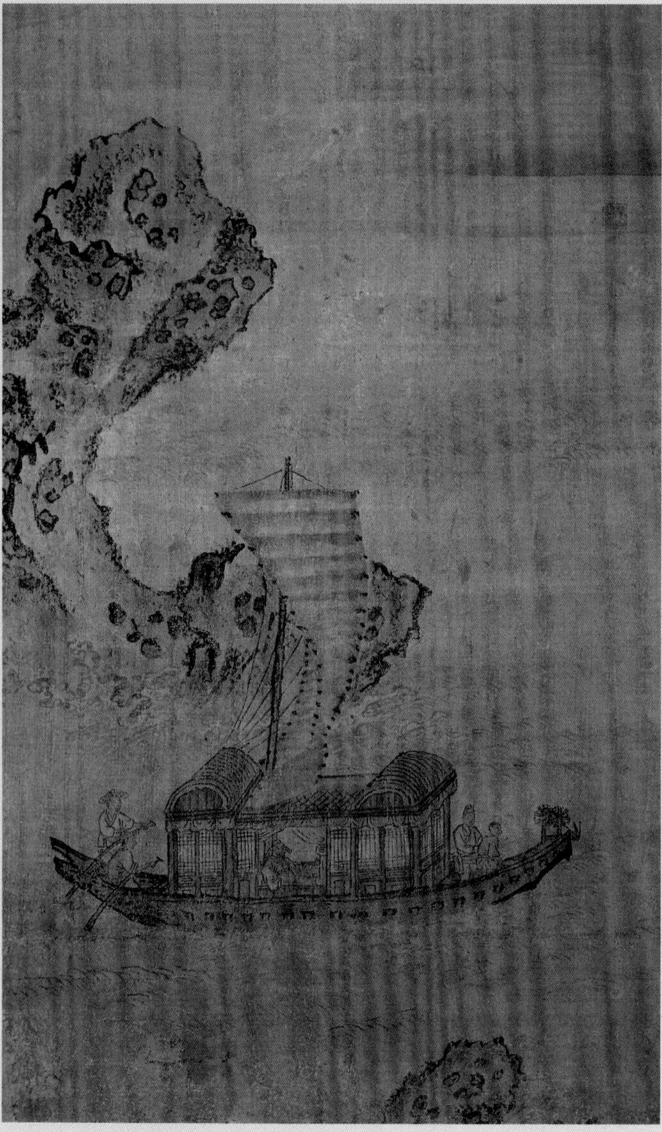

10

꽃들아 새들아
시기하지 말지어다

시재(詩才)를 인정해 준 77세의 문사와 결혼한 김운초

　운초는 아버지가 아전이었으나, 그 집안은 향리에서 살면서 대대로 유학을 업으로 했던 중인층 선비의 집안이었던 것으로 보인다. 가난했으나 아버지는 책을 좋아했고 집안을 화목하게 다스렸으며, 나라의 어려움을 집안 일보다 먼저 생각하던 이로서 '사군자(士君子)'에 부끄럽지 않았다고 한다. 작은아버지 일화당 역시 학문이 광박하고 형제 우의가 깊었으며, 시와 문에 능했다고 전한다. 그는 삼교ㆍ제자백가ㆍ의학ㆍ기술서 등을 두루 섭렵한 인물로 운초의 지적 배경이 되었던 것 같다. 운초가 일화당을 애도해서 쓴 시 말미에 처음에는 글자를 겨우 알 정도였던 자신이 어린 나이부터 이름을 알리게 된 것이 모두 그의 은공이 아닌 것이 없다고 한 데에서도 그 점이 엿보인다.

　김운초의 생몰 연대는 정확하지 않으나, 단지 그의 시와 말년에 운초를 소실로 삼았던 연천(淵泉) 김이양(金履陽, 1755~1845)을 중심으로 추정하면 대략 1800년대 초에 태어나서 1850년대 이후까지 살았다. 이능화는 『조선해어화사(朝鮮解語花史)』에서 운초를 성천(成川)의 기녀 부용(芙蓉)으로 소개하고 연천 김이양의 첩실이었음을 아울러 밝히고 있으나 『대동

시선」에서는 "판서 김이양의 애희(愛姬)"라고 했다. 아마도 기녀 시절 그의 이름은 부용이었고, 연천의 소실이 된 후에는 운초로 바꾸고 그가 거주하던 곳을 운초당이라고 불렀던 것으로 보인다. 김이양의 나이 77세 때(1831) 그의 소실이 되었는데, 당시 운초의 나이는 확실하지 않으나 연구자들은 대체로 25세에서 30세 사이 였을 것으로 보고 있다.

운초의 시 중에는 구성에 유배중 썼다는 작품(〈구성에서 귀양살 며, 龜城謫中〉)과 고관들의 연회와 유람에 배행하며 쓴 시들이 많 아 그의 기녀 생활은 평탄했던 것 같지는 않다. 운초가 언제 연천 과 만났는지는 확실하지 않으나 연천이 72세에 벼슬에서 물러난 이후 그를 모시고 유람을 다녔던 것으로 보인다. 아마도 운초가 나이를 뛰어넘어 김이양의 소실이 된 것은 연천의 뜻이기보다는 운초가 원했을 것이고, "시 읊조림 여인의 일 아니지만 단지 명공 께서는 시를 사랑하시기 때문이라오"(〈운초당, 雲楚堂〉)라는 시구 에 근거하건대 적어도 이들이 부부의 연을 맺은 것은 두 사람 사이 의 시적 교류가 계기가 된 것임을 보여준다. 결혼한 지 13년이 되 는 연천의 사마회갑 때에는 운초가 부인의 자격으로 성묘를 배행 하면서 수년 전 돌아가신 본부인이 이 영광을 보지 못함을 안타까 워했다. 사마회갑은 급제한 지 60주년이 되는 해로 이때 연천의 나이가 89세였다. 2년 후 연천은 세상을 떠났고, 운초의 15년간 의 결혼 생활은 이로써 끝났다. 1847년 이후 2, 3년간 금원이 살 던 용산의 삼호정에서 금원·경춘 자매와 운초·죽서·경산 다섯 여성이 시회를 자주 가졌다는 〈호동서낙기(湖東西洛記)〉의 기록 을 보면 운초는 김이양 사후에도 얼마간 한양에 머물렀던 것으로 보인다.

운초의 시재는 어려서부터 중국의 유명한 여류 시인들인 설도(薛濤) · 탁문군(卓文君) · 포영휘(鮑令暉) 등과 비교되었다. 다음은 〈연천 어르신 시에 차운하여 올림(奉次淵泉閤下)〉 제3수이다.

生長成都粉黛中   성도의 분단장한 여인들 틈에서 자라

素心猶愧卓文風   본래 마음 오히려 탁문군의 풍류를 부끄러워했네

虛名浪得詞垣許   헛된 이름 문단에서 부질없이 얻었구나

覽罷華箋鏡面紅   주신 글 다 보고 나니 거울에 비친 얼굴도 붉어지누나

첫 구는 그가 성천의 기녀로서 살아온 삶을 말하고 있다. 비록 기적에 몸을 담고 있지만 그의 본래의 마음은 청상과부 탁문군이 음률에 능한 사마상여(司馬相如)를 따라 도망가 살던 것조차 부끄러워할 정도로 절조 있는 삶을 살고 싶어했음을 보여준다. 이것은 그가 젊은 나이에 고령의 연천을 따르는 것이 남녀의 풍정에 기반한 탁문군–사마상여의 관계와는 전혀 다른 차원의 것이라는 자기 변호이고 자기 옹호이다. 제3구에서 연천의 칭찬에 대해 '헛된 이름을 얻는 것'으로 겸양을 보이고는 있으나 이것은 두 사람이 지음자의 관계임을 분명하게 보여주는 것이다. 연천 사후 쓴 애도시에서 운초는 연천과의 관계를 백아의 거문고 소리만 듣고도 그의 뜻을 정확히 이해한 종자기의 관계에 비유한다. 연천이 운초의 시재를 알아준 것이 종자기가 백아의 뜻을 알고 있는 것과 같다는 의미이다. 그에게 연천은

남편이기보다 그의 재능을 인정해 주던 '지음자'였던 것으로, 이 시에는 남편의 죽음을 애도하는 아내의 마음보다는 지음자를 잃은 한 여인의 지극한 슬픔이 함축되어 있다.

그러나 연천을 만나고 그의 지음을 얻으면서 비록 "헛된 이름 문단에서 부질없이 얻었구나"라는 겸사를 표출했지만, 이 겸사 속에는 역설적으로 그의 자부심이 엿보인다. 다음 시는 평소 그가 지녔던 자부심이 어느 정도였는가를 잘 보여준다.

〈자신을 비유하여(自況)〉

琴歌詩酒畫	거문고 노래 시 술 그림
人世亦蓬萊	인간 세계 또한 선계라네
江山如有待	강산이 기다려 주는 듯하니
花鳥莫相猜	꽃들아 새들아 시기하지 말지어다

〈사절정에서(四絕亭)〉

| 亭名四節却然疑 | 정자 이름 사절이니 도리어 의심스러워 |
| 四節非宜五絕宜 | 사절은 옳지 않고 오절이라 해야 하네 |

山風水月相隨處　　　산 바람 물 달 서로 따르는 곳에

更有佳人絕世奇　　　다시 절세의 아름다운 여인이 있으니까

　첫 번째 시에서 운초는 거문고·노래·시·술·그림이 있는 한 이 인간 세계가 바로 선계일 수 있지만, 그 선계는 아직 무엇인가 기다리고 있어 완성되지 않은 것으로 본다. 그 기다림의 대상이 자신이라는 점을 분명하게 말하지는 않으면서도 새들에게 나를 시기하지 말라는 함축적인 묘사로 선계가 자신의 참여에 의해 비로소 완성될 수 있음을 말한다. 두 번째 시에서는 화자가 사절이라는 이름을 가진 정자에게 시비를 걸고 있다. 일반적으로 한시의 대가들은 그림과 글씨를 잘 써서 삼절의 칭호를 얻는데, 그 정자는 산·바람·물·달이라는 아름다운 자연이 있는 곳이어서 사절정이라 불려진 듯하다. 운초는 시적 재능이 뛰어난 절대가인인 자신이 이 정자에 왔으니 이제는 이름이 반드시 오절정이 되어야 한다고 장난기 어린 시를 지었다.

　그러나 다른 한편 그의 시에는 자주 어두운 심사가 내비치는데, 아마도 자신의 재능에 대한 자부심과 현재의 삶이 갖는 괴리감 때문일 것이다.

〈부벽루 봄잔치(浮碧樓春宴)〉

箕城女伴藹丰茸　　　수많은 평양 여인 단장이 곱기도 한데

花下聞聲柳下逢　　　꽃그늘에선 소리만 들리더니 버들 아래서

**사계풍속도 중
제2폭 화류유희**

조선, 작가 미상, 19세기
(국립중앙박물관)

만나는구나

芳草誰尋麟馬跡　　꽃다운 풀 아래 기린마의 흔적 찾는 이 그 누구랴

春風只在牧丹峯　　봄바람만 모란봉에 남아 있을 뿐

歌因地闊喉如澁　　땅이 넓어 노래부르니 목이 껄끄럽고

粧被船催粉未濃　　배 타란 재촉에 단장도 어줍어라

今夜月明何處泊　　오늘밤 달 밝은데 어느 곳에 배를 댈까

中流相顧五更鍾　　중류에서 오경 종소리에 놀라 바라본다

　아마도 기녀 시절 지어진 것으로 보이는 이 시에는 여인들의 화사한 단장과 춘풍에 나부끼는 꽃과 버들이 서로 오버랩되면서 봄놀이의 즐거움이 충만하게 그려진다. 그러나 다른 한편 화사한 날씨와 여인과 잔치 속에서도 이 시가 은근히 내비치는 어두운 정조를 간과할 수 없다. 잔치에서 목이 껄끄러워질 정도로 노래를 부르고도 일정 때문에 단장조차 제대로 할 수 없다는 것도 그러하지만, 이러한 잔치가 끝나고 '달은 밝은데 어느 곳에 배를 대려나'는 물음과, 그러나 강 한가운데에서 새벽을 알리는 종소리를 들으며 서로 돌아보는 상황으로의 결구가 안식 없이 떠돌아다니는 삶에 대한 화자의 밝지 않은 의식을 보여준다. 그는 서경(평양)을 이별하고 개경을 지나면서 이리저리 흩날리며 떨어지는 꽃잎과 버들솜이 자신처럼 날마다 먼

길 떠나는 떠돌이 인생보다 낫다(〈도중에, 道中有懷〉)고 읊은 바 있다. 이 점은 그가 연천과 함께 다닐 때도 마찬가지였던 것 같다. "반생을 부산하게 콩잎처럼 떠다니다가 슬프게 하늘 멀리 바라보니 부질없이 느껍다(謹次葱秀韻)" 같은 시구에서 그의 떠다니는 삶에 대한 회한과 우울한 정조가 드러난다.

지나간 역사에 대한 회고가 언뜻언뜻 스쳐 지나가는 것도 그의 시가 보여주는 특성의 하나이다. 그는 실제로 서북 태생이어서 고구려와 고려에 대한 관심과 애정을 지속적으로 갖고 있었던 것으로 보인다. 〈부벽루 봄잔치(浮碧樓春宴)〉에서는 고구려와 그 시조 동명성왕이 기린마를 타고 승천한 사실을, 〈만월대를 지나며(過滿月臺)〉에서는 고려말의 역사적 상황을 환기시킨다.

〈만월대를 지나며(過滿月臺)〉

悠悠驅馬去還停   유유히 말을 몰아 가다 서다 하는데

楚色荒臺一望青   황량한 누대 바라보니 온통 푸르구나

清水高山新世界   물 맑고 산 높은 이 신세계에

兎葵燕麥舊朝廷   옛 신하라곤 토끼 규화 제비 보리뿐이구나

辛王辨說歸烟海   신씨 왕씨 따지던 싸움은 바다 연기 속으로

돌아가고

圃牧精忠揭日星   포은 목은의 깨끗한 충정만이 일월성신에 걸리었네

年代凄凉何處是   시대가 처량하니 여기가 어딘가

七陵寒雨夕冥冥   칠능에는 찬비 내리고 석양은 어둑어둑

   운초는 만월대를 지나며 단순히 고려 왕조의 흥망에 대한 회고의 정을 피력하는 데에 그치지 않는다. 그는 고려가 멸망하던 시기의 일을 잘 알고 있었다. 목은은 공민왕의 아들 우왕·창왕을 왕으로 삼았고, 포은은 그 고려에 충성을 다하다 죽임을 당했다. 이태조는 그들이 신돈의 아들이라 하여 고려 왕통의 잘못됨을 지적하고 새 나라를 세웠다. 운초가 현재 남아 있는 것은 '포은 목은의 충정' 뿐이라고 한 것에는, 부벽루에서의 동명성왕에 대한 기억과 함께 여전히 고구려에서 고려로 이어지는 역사에 대한 서북민의 의식을 보여주는 것이기도 하다.

   운초는 연천이 세상을 떠난 후 동료인 금원·죽서 등과 함께 모여 시회를 열기도 하면서 적극적인 시작 생활을 한 보기 드문 여성 중의 하나이다. 운초의 시만을 수록한 『운초당시고(雲楚堂詩稿)』는 필사본으로 전해져 이본이 많은데, 민병도의 『조선역대여류문집』에 수록된 운초의 시들은 안서 김억의 소장본을 인쇄한 것으로, 여기에는 240제 329수가 실려 있다.

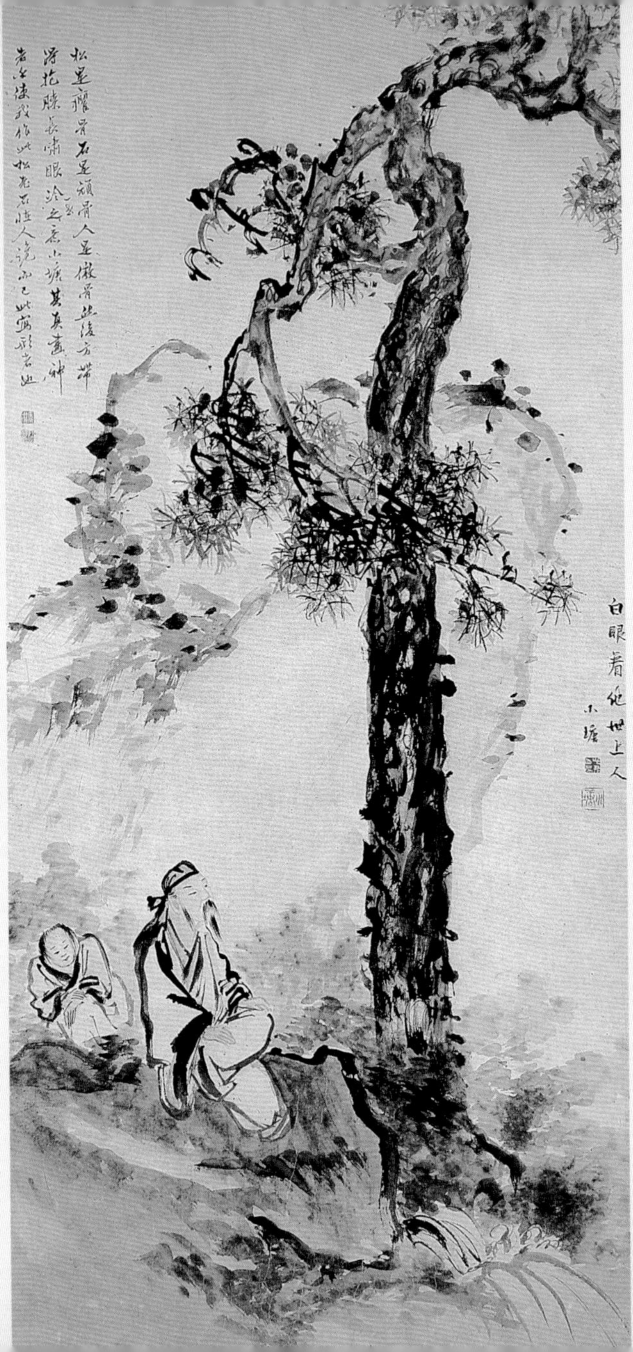
白眼看他世上人
小塘

11

매화 처음 떨어지자
꿈은 더욱 맑아지네

맑은 시법의 요절 시인 박죽서

　박죽서는 생몰 연대가 분명하지 않으나 1817년생인 금원(錦園)이 죽서
의 나이가 자기보다 몇 살 어리다고 한 것으로 보아 1820년 전후에 태어났
고, 『죽서시집』(1851)이 그의 사후 발간된 것이어서 1820년에서 1850년
사이에 살았던 요절 시인으로 추정된다. 죽서는 반아당(半啞堂)이라고 불
리기도 했다. 선비 박종언의 서녀로 서기보(徐箕輔)의 소실이 되었는데,
서기보의 재종형인 서돈보가 쓴 『죽서시집』 서에 의하면 그는 어려서부터
영오하여 아버지가 강습하는 것을 곁에서 들은 대로 암송하여 빠트림이 없
었고, 자라서는 책을 더욱 좋아하여 소학·경사·옛 작가의 시문을 바느질
과 함께 익혔다고 한다. 10세 때 지은 것으로 되어 있는 작품도 있어 어려
서부터 시재를 보여주었음을 알 수 있다.

　서돈보는 죽서가 만약 중국과 같은 큰 나라에서 태어났다면 재능이 더욱
갖추어지고 명성은 더욱 빛나게 되어, 중국의 모든 여류 시인들을 죽서와
함께 논할 수 없었을 것이라고 그의 불행한 삶을 안타까워했다. 죽서와 동
향인으로 친하게 교류했던 금원은 『죽서시집』 말미에 "죽서를 아는 사람은
그가 재능과 지혜로 규방에서 이름난 것을 알지만, 그가 맑고 깨끗하여 사

송하처사(松下處士) 조선, 이재관, 19세기 (국립중앙박물관)

림의 풍도가 있다는 것은 오직 나만이 안다. 안력을 갖춘 자는 그의 시를 읽을 때 응당 나의 말을 진실로 여기게 될 것이다"라고 부기하고 있다. 시집 첫머리에 '죽서시초(竹西詩抄)'라 되어 있는 『죽서시집』은 서돈보가 죽서의 시 166편을 모아 발간한 것으로, 서씨의 서문과 금원의 발문이 함께 수록되어 있다.

일생 병고에 시달린 탓으로 죽서의 시는 어둡고 애상적인 정조를 보여주지만 그러면서도 맑은 심상과 탈속적인 미감이 예사롭지 않다. 그의 맑은 시법은 다음과 같은 시에서 잘 드러난다.

〈겨울밤(冬夜)〉

雪意虛明遠雁橫　　눈 비치는 하늘 멀리 기러기가 비껴 날고

梅花初落夢逾淸　　매화 처음 떨어지자 꿈은 더욱 맑아지네

北風竟夜茅簷外　　북풍이 밤새도록 초가 처마 흔드는데

數樹寒篁作雨聲　　두어 그루 찬 댓잎에 숲 빗줄기 듣는 소리

시각과 청각의 적절한 조화가 투명하고 맑은 심상을 만들어낸다. 눈빛과 떨어지는 겨울 매화, 바람 소리와 댓잎에 떨어지는 빗소리가 겨울밤의 차가움이 가져오는 시인의 맑은 사념들을 형상화한다. 이러한 겨울밤의 풍경은 시인이 잠들지 못하는 정황을 암

시하고 있지만 "꿈은 더욱 맑아지네"에서 함축된 것처럼 그리움이나 외로움에 몸부림치는 여성 시인들의 계절 감각과는 차이가 있어 보인다.

이 시의 탈속적인 미감은 〈소나무(松)〉라는 시에서도 마찬가지이다. 여기서 소나무는 추위를 이기고 달빛 속에서 맑은 그림자를 드리운다. "늠름하게 한결같이 군자의 절개 간직했고 창창함은 대장부 이름에도 그다지 부끄러울 게 없네"에서 소나무는 그에게 대장부 같고 군자 같은 양면을 지닌다. 그러나 "동량감으로 가져다 쓰겠다고 말하지 마오 문 밖 짙은 그늘의 맑은 기운을 내 사랑한다오"는 구절에서 그 소나무가 속세에서 이름을 날리며 세상을 위해 쓰임받기보다 자신처럼 이름 없는 여인에게 신선한 기운을 전해 주며 교감할 수 있는 상태로 남아 있기를 바란다. 나라를 위한 일에 대해 관심을 보여준 많은 여성 시인들과 달리 죽서의 탈속적인 지향이 드러난다.

죽서는 다병했기 때문에 그의 시작에는 병에 대한 것이 많다.

〈병에서 일어난 후(病後)〉

病餘已度杏花天	앓고 나니 살구꽃 피던 날도 다 저물어
心似搖搖不繫船	마음은 흔들흔들 매이지 않은 배와 같네
無事只應同草木	일 없으니 이 인생은 초목과 같을 따름
幽居不是學神仙	그윽한 생활은 신선을 배우자는 게 아니라네

篋中短句誰相和	상자 안 짧은 시를 어느 누가 알아주랴
鏡裏羸容却自憐	거울 속 파리한 얼굴 내 보기도 가엾구나
二十三年何所業	스물세 해 동안 한 일이 무엇인가
半消針線半詩篇	반은 바느질 반은 시를 썼지

봄 한 철을 병으로 누워 있다가 일어난 후 마음마저 안정을 잃고 있음을 보여준다. 요양을 위해 아마 조용한 곳에 피접을 나간 것이 마치 신선이 되려고 홀로 극기하며 수도하는 도사의 모습을 연상케 했던 것 같다. 그가 마음의 안정을 잃게 된 것은 일없이 지내는 자신의 모습이 아무 일도 하지 못하고 함께 썩어 없어지는 초목과 다르지 않다는 생각 때문이다. 거울 속 모습도 초췌해진 것이 스스로 가련히 여길 정도이지만, 무엇보다 병중에도 읊었던 시들이 아무에게도 보여지지 않은 채 그대로 상자 안에 묻혀 있다는 것도 그의 마음을 쓸쓸하게 한다. 태어나 23세의 나이까지 절반은 시 창작을 했던 사람이라는 묘사는 시작이 그의 삶의 아주 중요한 부분이었음을 의미한다. 이것은 앓고 난 후 보여준 초목 같다는 절망감이 적어도 임에 대한 그리움 때문이 아니라 지음자의 결여에 기인된 것임을 보여준다.

그의 이러한 지적 교유의 갈구는 "떠돌이 생활 오래되자 세상 근심 버리기 더욱 어렵고, 집이 가난하니 바야흐로 사귀는 정을 시험할 만하도다. 못에는 봄물이 출렁이고 밤에는 달이 걸렸는데,

오늘은 누가 이 성에 있기를 기약하리오"(〈병든 회포, 病懷〉)와 같은 시구에서도 드러난다. 죽서는 원주 사람이었고, 후에 금원과 함께한 삼호정 모임에 참여했던 것을 보면 서울에서도 살았던 것으로 보인다. 이러한 타향에서의 삶이 그를 힘들게 한 듯이 보이지만, 무엇보다 이 시에서 주목되는 것은 가난이 긴밀한 교유를 어렵게 하는 것으로 보고 있다는 점이다. 물질이 교유 관계에까지 영향을 미치는 세태를 그는 뼈아프게 절감하고 있는 것이다. '오늘은 누가 이 성에 있기를 기대할까'라는 반어에서 진정한 벗을 찾을 수 없다는 좌절감과 외로움이 엿보인다. 병을 추스리는 끝에서 그가 느끼는 회포는 결국 진정한 벗의 부재에 관한 것임이 드러난다.

이러한 지음자의 부재로 인한 어두운 심사가 친구의 편지로 인해 극복되는 모습이 흥미있다.

〈연이어 금원의 편지를 받아 보고(連見錦園書)〉

故人慰我再三書	옛 친구 나를 위로하느라 재삼 편지 보내니
書不成行意有餘	글은 이뤄지지 않았어도 뜻만은 넘치는구나
薄酒猶賢當取樂	박주도 오히려 좋아 즐거움을 취할 만하나
衰花雖在易歸虛	시든 꽃은 비록 남아 있어도 쉽게 사라지리
自從身病無相問	병든 후로 서로 소식 묻지 못했으나

豈是人情好獨居	어찌 사람 마음에 혼자 사는 걸 좋아할까
慙愧諸君勤問訊	여러분들 부지런히 안부 물으시니 너무 부끄러
離群絶俗計還疎	속세 떠나 살려던 마음 다시 엷어지네

아마도 이 시의 "여러분들(諸君)"은 삼호정 시단을 형성하며 시를 주고받던 이들이 아닐까 한다. 금원·죽서·운초를 포함해서 다섯 명의 여성 문사가 함께했던 삼호정 모임은 금원의 남편 김덕희가 의주 부윤의 임기를 끝내고 용산에 정자를 마련하고 생활을 시작한 1847년 이후부터 그가 다시 벼슬에 임관된 1850년 사이에 이루어졌던 것으로 보인다. 금원은 〈호동서낙기〉에서 "서로 더불어 따라 노닐며 시를 써 상을 채우니, 주옥 같은 작품들이 서가에 가득하여 때로 낭독하는 데 낭랑하기가 금을 던지고 옥을 부순 듯했다. 네 계절의 바람과 달이 스스로 한가할 수가 없었고, 한강의 꽃과 새 또한 근심을 풀 만했다"고 자부하기도 했다. 운초의 시에는 금원에게 보낸 것도 있어 이들은 모임에서뿐만 아니라 그 전후에도 개별적인 교유를 수행했던 것으로 보인다. 이 모임은 현대의 연구자들이 최초의 여성 시단이라고 부를 정도로 그 의의가 중시되고 있다.

죽서가 앓아눕자 금원이 연달아 편지를 보내면서 함께 교유하던 이들의 염려를 전해 준 듯하다. "속세 떠나 살려던" 생각이 구체적으로 무엇이었는지는 확실하지 않지만, 주위 사람들과 절연하고 홀로 지내려 했던 그를 옛 친우들의 편지가 다시 일상의 세계로 불러낸 것은 확실해 보인다. 무엇보다 경련에서 병들어 소식을 전하지 못했지만 홀로 지내는 삶이 자기라고 좋았겠느냐는 반어에서 병마와 싸우면서 외로움과 소외감에 지쳐 있었던 그의 마음을 숨김없이 드러낸다.

죽서의 시에는 계절이나 날씨에 대한 묘사가 꽤 많은 편이다. "단풍잎 보자 병고 얼마나 많았나 알겠고, 국화는 마치 임 돌아오시길 기다리는 듯하네"(〈한가을, 深秋〉), "파초 큰 이파리에 비 듣는 소리 맨 먼저 울려퍼지고, 버드나무 짙은 가지는 그림자 점점 엉성해지네"(〈기다리던 비, 喜雨〉), "작은 언덕 남은 꽃잎들 저녁 빛에 물들고, 깊은 정원 푸른 가지에 두어 마리 새 우는 소리"(〈늦봄의 회포, 暮春書懷〉), "이름 모를 꽃들은 작은 섬돌에 피어나고, 새들은 별말 없이 빈 마당에 내려온다"(〈새 가을의 노래, 新秋吟〉), "퍼붓는 기세 처마 끝에 옥끈을 늘어뜨린 듯, 둥그런 물 무늬 위 은빛 방울 솟구치네"(〈소낙비, 驟雨〉), "새로 비온 뒤에 그림 그리고픈 생각 절로 일어나고, 저녁 햇빛 속에 비단 무늬 출렁이네"(〈구름, 雲〉) 같은 것은 자주 병들어 누워 지내야 했던 시인의 예민한 의식과 섬세한 관찰이 돋보이는 구절들이다.

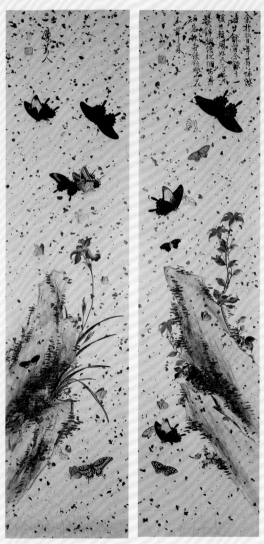

호접(蝴蝶)

조선, 남계우, 19세기 (이화여자대학교박물관)

12. 그 눈물 붓에 찍어 '그립다'라고 쓰네

글씨에도 뛰어났던 강지재당

지재당(只在堂)은 경상도 김해 출신의 기생으로 이름은 담운(澹雲), 호는 지재당이다. 고종 때 사람 차산(此山) 배전(裵婰)의 소실이 되어 그와 함께 주고받은 시를 여러 편 남겼다. 그녀는 시에서뿐 아니라 글씨에도 뛰어났다고 한다. 그의 시문을 모은 『지재당집(只在堂集)』은 남편인 차산이 교주한 것으로, 원래는 상·하 두 권으로 되어 있었으나 현재는 상권만이 전해지고 있는데, 그 안에 45편의 시가 수록되어 있다.

담운의 호가 지재(只在)인 것을 보면 차산과의 관계가 어떠했는지를 보여준다. 두 사람의 호는 당나라 시인 가도(賈島)의 〈방도자불우(訪道者不遇)〉의 유명한 오언절구 시 제3구의 넉 자에서 왔기 때문이다.

松下問童子　　소나무 아래에서 동자에게 물었더니

言師採藥去　　스승께선 약을 캐러 가셨다고 말하네

只在此山中　　　단지 이 산 안에 계시기는 한데

雲深不知處　　　구름이 깊어 어느 곳인지 모르겠어요

　배전의 호가 차산인 것을 알자 담운은 자신의 호를 지재로 삼았을 것으로, 담운의 재치와 문학 수련이 드러나는 대목이다. 차산 품안에 있겠다는 담운의 마음이 시적 아취를 가지고 드러난다. 다음은 틀림없이 차산을 그린 것으로 보이는 작품이다. 총 5수로 된 시 중 첫째·둘째 수이다.

〈멀리 계신 님에게(寄遠)〉

郎作高榕妾女蘿　　낭군은 용나무 이 몸은 담쟁이 넝쿨

百年纏繞在枝柯　　백년 동안 얽혀서 가지에 붙어 사네

生來怕近搜林斧　　본래부터 숲을 찾는 도끼에 가까이 있기
　　　　　　　　　겁낸 것은

割到情根奈爾何　　정겨운 뿌리를 베어 갈까 두림이네

相見分明片夢中	분명코 꿈속에서 만난 것인데
半衾猶煖覺成空	반쪽 이불 오히려 따뜻하나 님의 자리는 비었네
碧芭蕉葉梧桐葉	푸르른 파초 잎과 오동 나뭇잎
昨夜雨聲今夜風	지난밤엔 빗소리 오늘밤엔 바람 소리

위의 시에서 시인은 자신을 용나무에 얽혀 있는 넝쿨로 묘사한다. 용나무는 빨리 자라고 키가 아주 크고 가지가 무성하다. 지재당이란 당호처럼 언제나 남편 안에 있으려는 마음 때문에 혹시 나무꾼이 그 가지를 쳐내거나 나무 뿌리를 베어 갈까 두렵다. 언제나 차산 안에 있는 자신이지만, 그는 미리부터 이별을 예견하며 두려워하는 것이다. 둘째 수에는 낭군에 대한 그리움이 절절하게 묻어 있다. 꿈속에서 만난 것이 확실하고, 또 실제로 바로 옆에 누워 있었던 것처럼 그의 온기가 느껴지는데, 임의 자리는 비어 있다. 환상과 실제를 오가는 그리움이 읽는 이의 마음을 아프게 한다. 밤마다 잠을 이루지 못하는 그에게 들리는 빗소리, 바람 소리는 바로 그가 흘리는 눈물이고 마음속에 일고 있는 바람 소리일 것이다.

지재당의 시에는 자신의 고달픈 삶에 대한 아픔을 토로하고 있는 것이 많다. 〈지난날(憶昔)〉(총 12수)이라는 시를 보면 그는 8세때부터 어머니를 따라 기적에 몸을 담게 되고, 비록 비단옷을 입게 되었지만 춤과 노래로 정신없는 날을 보낸다. 15세에 낭군을 만났지만 17세에 어머니마저 세상을 떠났다. 3년을 통곡했다는 데에서 그가 얼마나 외로움 속에 살았는지가 드러난다. 〈외로운 날의 회포(獨日書懷)〉에서 품속의 병아리를 지키기 위해 약한 몸을 잊고서 사나운 개에게 달려드는 어미 닭의 모습을 포착하는 데에서도 그의 어머니에 대한 그리움이 엿보인다. 한식날 아낙네들이 남산에 찾아와 무덤에서 곡을 하는데, 자신은 여기에 와도 울 곳이 없어 남을 따라 눈물 흘리며 같이 슬퍼한다는 시(〈금릉잡시, 金陵雜詩〉 제32수)에서는 홀로 남겨진 아픔이 애처롭게 드러난다.

"낙엽이 떨어지던 날 누가 내 마음속 사람(一心人)이던가"에서 일심인은 바로 차산의 별호이다. "비녀를 분질러 힘든 약속 하였고 거울 쪼개어 만날 기약 정했네"라는 구절에서처럼 차산을 만나 어렵게 그의 소실이 되었으나 그와의 인연은 곧 슬픔의 시작이기도 하다. 송백으로 묘사된 그의 절의는 바람과 눈이 휘날리는 추운 겨울에 그 진가를 발휘하는 것이지만, 이것은 그가 극복해야 할 시련이기도 하다. 그러나 그의 슬픔은 겨울에만 있는 것이 아니다. "사월에 누런 매화 흩날리니 마디마디 애간장 끊어지네 소리 없이 베갯머리 눈물 흘리니 방울방울 비단 치마 적시네"에서 그의 그리움과 외로움은 일년 사시사철 이어진다.

무엇보다 힘들었던 것은 기녀로서의 삶이었던 것으로 보인다. 〈회포를 읊음(述懷)〉에서는 꿈 같은 화류계 스무해 동안을 거문고를 타고 피리를 불며 세월을 보냈다고 한탄하면서 자신의 시름은 칼로 창자를 다 끊어도 끊을 수 없다고 말한다. 동료였던 취향의 딸이 죽자 그 어머니를 대신해 시를 썼는데, 이 시에는 지재당 자신이 겪어 온 삶과 자의식이 많이 투영되어 있다. 어머니는 기녀의 삶을 살아야 했기에 그의 딸은 늘 할머니와 함께했고, 그래서 언제나 젖이 부족했다. 그러나 어머니의 마음이 아플까 봐 마음놓고 울지도 못했다. 아버지는 자기와 함께 어머니를 버렸을 것이고, 어머니는 살길을 찾아 떠돌아다니다 금릉 땅에 몸을 부쳤을 것이다. "후생에 태어나면 기생 딸이 되지 말고, 좋은 가문 좋은 집에 남자로 태어나라"는 구절에 가장 관심이 간다. 그는 단지 기녀의 삶에 대한 회한만이 있었던 것이 아니다. 여자라는 존재 자체에 회의가 있었던 것이다.

그러나 그의 대표시라 볼 수 있는 〈금릉잡시〉 34수에서는 자신이 살고 있는 금릉 땅 곳곳을 애정을 갖고 읊고 있어 그 시적 관심 영역이 점차 확장되고 있음을 보여준다. 『신증동국여지승람』에 의하면 김해에는 금릉팔경이라는 것이 있으나 그는 이를 다시 시화하지 않고 금릉의 곳곳을 누볐던 것 같다. 이것은 그가 관념화된 경관 묘사가 아닌 생생한 현장을 시화했다는 이야기가 된다. 연자루에서 호계로 다시 망북루에 올랐다 상암동 골짜기로 간다. 그는 김해를 편력하면서 고대 가락국의 역사와도 만난다.

이 시는 자기 연민의 정감이 어느 정도 극복된 절제된 묘사를 보여준다. 단순히 연자루에서 제비와 꽃이 서로 노니는 모습을 묘사하거나 어부나 나무꾼 등이 생활하는 모습을 스케치할 뿐이어서 시적 정조가 매우 담담하다. 그러나 버들과 꾀꼬리를 보며 "이들이 누구를 위해 바쁜가"라고 봄을 슬퍼하고, 단오에 서릉에서 이전의 그네타기가 지금도 그대로 될 수 있을지에 대한 그리움과 회의를 표출한 데에는 시인의 정감이 함축되어 나타난다. 〈금릉잡시〉 제16수는 구지봉과 수로왕비에 관한 시편이다.

龜旨峰頭落照紅	구지봉 머리에 노을이 붉고
后陵松栢起秋風	후릉의 소나무에 가을 바람 이네
傷心一片婆娑石	마음 상하네 한 조각 돌이

蔓草荒煙寂莫中　　넝쿨진 풀 거친 안개 적막함 속에 있음이

　구지봉은 수로왕의 설화가 시작되는 곳이다. 아홉 추장들이 여기에 모여 제사를 드리니 여섯 알이 담긴 금합이 내려왔고 다음날 그 알들이 차례로 깨어났는데, 가장 먼저 나온 이가 김수로왕으로 바로 가락국의 시조이다. 산봉우리 동쪽에 허황후 능이 있다. 아름답고 신비한 과거의 역사는 아득하고 이제 남아 있는 것은 돌 한 조각뿐으로, 그것도 거친 안개, 넝쿨진 잡초, 적막함 가운데 뒹굴고 있다. 『신증동국여지승람』에는 파사석탑(婆娑石塔)이 호계 가에 있는데, 5층으로 되었고 "돌빛이 붉게 아롱졌으며 질은 좋으면서 무르고, 조각한 것이 매우 기이하다. 전설에는, 허황후가 서역(西域)에서 올 때에 이 탑을 배에 실어서 풍파를 진정시켰다 한다"는 설명이 있다. 현재는 김해의 호계사에 보존되어 있다. 이 탑이 김수로왕과 허황후의 결연을 알려 주는 유일한 유물이라는 점에 화자는 크게 마음이 상한다. 그것은 과거 역사의 무상함 때문이기도 하겠지만 이제는 돌 한 조각 속에 그 잔영만 서리어 있는 김수로왕과 허황후의 아름다운 사연에서 자신과 차산의 미래를 생각했기 때문이 아닐까.

　그의 시에는 상당히 흥미 있는 시적 발상과 깊이 있는 사유를 보여주는 구절이 많다. 〈봄에 부친 편지(春日寄書)〉에서는 임을 생각하다 눈물을 흘리면서 "그 눈물 붓에 찍어 그립다라고 쓰네"라 한 것이라든지, 〈끊어진 꿈(夢斷)〉에서는 사람은 임과 함께할 때에는 기쁘고 임이 부재하면 슬퍼지지만 달빛은 인간의 변동과 무관하게 언제나 그 자리에서 똑같이 비쳐 주고 있다고 읊었다. 달

빛은 보는 이의 시적 정서에 따라 변화하는 것으로 보았던 다른 시들과 달리 그는 자연의 불변성과 인간 정서의 가변성을 대조적으로 보여주면서 삶의 고통을 통해 형성되었을 새로운 성찰을 보여준다.

수하노인(樹下老人)
조선, 김수규, 18세기 (고려대학교박물관)

13. 우리들 마음속에 태극이 있네

경사(經史)에 관통했던 남정일헌

남정일헌(南貞一軒)은 조선조 헌종 6년(1840)에 태어나서 일제 때인 1922년에 세상을 떠났다. 세 살 때 한글을 깨우치고 할아버지에게서 매일 수십 자씩 한자를 배웠는데 한번 배우면 곧 암송하였고 경사에 이르러서도 관통하여 알지 못함이 없었다고 한다. 16세에 결혼하여 20세에 남편을 잃고 순절하려 했으나 시부모의 만류로 뜻을 이루지 못했다. 가사를 돌보는 사이 여가가 있을 때에 시를 읊었으나 다른 사람들이 보지 못하도록 감추었다가 갑오년 난이 일어났을 때 모두 불태워 버렸다. 당시 외출했던 아들 성태영(成台永)이 돌아와 남은 원고들을 수합하여 『정일헌시집(貞一軒詩集)』 1권을 편찬하여 1923년에 간행했는데, 그 안에 한시 57편과 제문 1편이 수록되어 있고 그에 대한 묘지 등도 들어 있다.

남정일헌은 19세기에서 20세기까지 걸쳐 생존했지만 사대부 가문의 여성으로서 전통적인 유가 정신을 중시했던 어디까지나 '조선조' 여성이었다. 〈얼룩진 대나무의 노래(斑竹詞)〉는 바로 유학 사상에 기반한 전통적인 열녀 정신을 엿보게 하는 작품이다. 순 임금이 천하를 순시하다가 창오 땅에서 세상을 떠나자 그의 두 왕비인 아황·여영이 그곳에 가 통곡하다 순절했는데, 그 후 대나무에 피눈물이 어렸다는 고사가 있다. 정일헌이 새삼스럽게 그 고사를 이끌어 시를 쓰면서 두 왕비의 깊은 한을 뼛속에 새기고 폐부에 또 새긴다고 한 것은 먼저 남편을 보낸 후 가슴속 깊이 감추어 두었던 자신의 원통함을 그들에게 투사시키기 위한 장치였을 것이다.

더욱 그는 자녀가 없었다. 〈시아버님이 양자를 구하러 파주로 가시는 길에(尊舅以求螟事行次坡州)〉라는 시에는 한편으로는 아들을 얻으려는 간절한 마음과 함께, 다른 한편으로는 양자를 구해야 하는 서글픈 심사가 함축되어 있다.

他人有子我求螟	남들은 아들 있는데 나는 양자 구하니
病舅登程淚幾零	병든 시아버님 길 떠날 때 얼마나 눈물 흘렸나
日夜祈望惟在此	밤낮으로 빌었던 일 아들 얻는 것인데
鳳雛何處生寧馨	훌륭한 그 아들 어디서 찾아오려나

시아버님이 양자를 구하러 떠나실 때 흘린 눈물은 자신의 잘못으로 몸이 불편하신 어른을 불편하게 해드린다는 죄책감의 눈물이거나, 아니면 그가 밤낮으로 구했던 양자를 이제 드디어 갖게 되었다는 안도의 눈물일 수 있다. 그러나 훌륭한 아들이 '어느 곳'에 있는지란 구절에는 죄책감이나 안도감보다는 아직 회의적인

시선이 강하게 자리잡고 있다. 남편도 자식도 없이 시아버님을 홀로 모시고 사는 여인의 상처가 부덕에 가리어진 채 얼마나 컸던가 엿보인다.

　남의 자식을 키우는 가장 큰 근심은 효로 끈끈하게 맺어진 부모 자식간의 관계가 성립되기 어렵다는 점에 있다. 남정일헌 역시 이러한 말을 많이 들은 듯하다. 〈자식을 바라는 노래(望子曲)〉의 "남의 자식 효자 없다 말하지 마라 어머니의 자애만을 끝내 다하리"라는 구절에서도 입양의 갈등이 드러나거니와, 정일헌은 양자가 효도를 하든 안 하든 자신은 자애로써 키우겠다는 다짐을 한다. 다음 노래는 양자를 얻고 난 후의 노래이다.

〈양자를 노래함(螟蛉曲)〉

細腰何事螟蛉負	나나니벌 어찌하여 나방이 알 없었는가
七日勤斯始類蜂	이레를 정성들이니 비로소 벌과 비슷해졌네
初以蠢蝝能變體	처음에는 꿈틀대다 몸을 바꾸고
乃生翅脚漸成容	날개와 다리 생겨 모습 갖춰 나간다네
豈如藿蠋終難化	애벌레 변화되기 어렵지 않을까만
賴有桑虫幸善從	뽕나무 벌레 보고서 잘도 따르네
取看土窠勞苦意	벌집에서 애쓴 의미를 알게 되니

吾人子母做和雍   우리 모자 화목할 수 있다네

이 시에서도 정일헌이 양자를 키우면서 가졌던 갈등과 회의를 보여준다. 그것은 나나니벌이 나방이 알을 업고 정성을 다하자 날개와 다리가 생기면서 차츰 모습을 갖추게 되는 것을 보고 벌집에서 수고한 의미를 알게 되니, 자신과 새로 들인 양자 사이의 화목이 가능할 수 있음을 확신하게 되었다는 구절에서 드러난다. 여기서도 그는 자신도 양자를 위해 나나니벌이 한 그 수고를 자임하겠다는 의지를 보여준다. 남의 자식 효도 없다는 말을 들으면서 양자를 얻었으니 마음이 편하지만은 않았을 것이나, 중요한 것은 자기가 어머니 노릇을 잘하는 것이라고 다짐하는 사대부 여인의 금도를 보여준다.

동일한 다짐이 〈병아리(鷄兒)〉에서도 보인다. 둥근 알을 날개로 덮고 스무날을 보내자 알 껍질을 깨고 병아리가 나왔다. 벌레를 구해 병아리를 먹이고 까치를 피하라 조심시키면서 "닭을 보고 배운 게 있으니 자식 교육 수고를 마다 않으리"라고 읊기도 했다. 미물도 자식에게 그만한 정성을 들이는데 하물며 인간이 자식 교육을 그보다 더 힘쓰지 않을 수 있겠느냐는 것과, 또한 어미 닭의 정성이 병아리를 잘 키운 것처럼 자신도 정성과 수고를 다하면 훌륭하게 자식을 키울 수 있지 않겠느냐는 의지와 기대의 표출이다. 실제로 남정일헌이 불태우고 남은 시고를 모아 간행한 사람은 바로 이때에 입양한 아들 성태영이었다.

남정일헌은 여타 사대부 가문의 여성들처럼 그리움·외로움·한 같은 개인의 정감을 그대로 표출하지 않는 시적 특성을 보여줄

뿐 아니라 이학에 관한 학문적 관심을 시로 읊었다. 허난설헌은 예외지만 사대부 또는 선비 집안의 여성들은 대부분 유학에 관한 관점을 표출했고, 그러한 점에서 남정일헌 역시 조선 여성 지성사의 끝을 장식한 인물로 간주될 수 있다.

〈태극(太極)〉

太極斯爲萬物先	태극은 만물의 비롯함이라던
濂翁圖說至今傳	염옹의 태극도설 지금까지 전하네
氣行天地無形外	기(氣)는 형태 없는 천지 밖에서 행하고
理具陰陽未判前	이(理)는 음양이 나뉘기 이전에 이미 갖추어져 있네
月照萬川象可玩	달빛이 시내를 다 비추니 그 모양 아름답고
禾分千塊體皆圓	온 세상 구분하나 그 본체는 모두 둥그네
吾人各有心中極	우리 안에 태극이 갖추어 있으니
活水源頭浩浩天	흐르는 샘의 근원 드넓은 하늘이네

묵란(墨蘭)

조선, 민영익, 19세기(동국대학교박물관)

주염계는 태극에서 음양이, 음양에서 오행이 펼쳐지므로, 오행은 하나의 음양이고 음양은 하나의 태극이며 태극은 무극이라 했다. 또한 천지는 태극에서 나뉘어지고 만물은 천지에서 나뉘어진다고 보았다. 정일헌은 음양이 나뉘기 이전에 이(理)가 이미 갖추어져 있다고 했으므로 이가 만물이 나오기 전에 이미 존재하고 있다는 입장을 갖고 있는 것으로 보이지만, 동시에 만물이 화생하기 이전부터 천지에 기가 이미 운행되고 있었다는 시각도 보여준다. 여기서 기는 행(行)하고 이는 갖추어져 있는[具] 것으로 동과 정의 관점에서 대비하고 있지만 이와 기를 선후로 또는 서로 섞일 수 없는 관계로 보는지, 아니면 하나이면서 둘이고 둘이면서 하나로 서로 분리할 수 없는 관계로 보는지는 분명하지 않다. 그러나 결련에서 말한 우리 인간의 마음속에 갖추어진 태극은 이들을 통합적으로 포괄하고 있는 것처럼 보인다.

　남정일헌의 시에는 경관을 묘사한 것도 있으나 이들도 개인의 정회를 표출하는 대상으로서가 아니라 대나무·연꽃처럼 마음의 수양을 가능하게 하는 것들로, 이들에 대한 시작 방식도 감각의 투영이나 구체적 형상의 묘사이기보다는 전통적인 관념의 형상화라 할 수 있다. 이것은 대나무를 읊으면서 죽간·관악기·절의·왕희지 등을 거론한 데서 드러나거니와, 연꽃의 경우는 주염계 〈애련설(愛蓮說)〉, 굴원을 애도하기 위해 연꽃잎에 밥을 싸서 던지는 전통 풍습, 천년을 묵으면 연꽃 위에서 노닌다는 신령스러운 거북을 묘사하는 등 지적인 시작 형상화 방식을 즐겨 사용하고 있다.

찾아보기

이 혜 순

1942년 서울에서 출생했다.
서울대학교 문리과대학 국문학과를 졸업하고,
서울대학교와 미국 일리노이대학(University of Illinois)에서
각각 국문학 석사와 비교문학 석사를,
중국 국립대만사범대학에서 중국문학 박사학위를 받았다.
1973년부터 이화여자대학교 국문학과 교수로 재직중이다.
현재 국어국문학회 대표이사로 있다.

저서
『비교문학 : 이론과 방법』
『수호전 연구』
『조선통신사의 문학』
『고려전기한문학사』
『한국고전여성작가연구』(공저)
『비교문학의 새로운 조명』(공저)

역서
『한국고전여성문학의 세계』(한시편 · 산문편, 공역)
『한국의 열녀전』 (공역)

한국 고전여성작가의 시세계

펴낸날 1판 1쇄 2005년 5월 10일 _ **지은이** 이혜순 _ **펴낸이** 김용숙 _ **펴낸곳** 이화여자대학교출판부
주소 서울특별시 서대문구 대현동 11-1 (120-750) _ **등록** 1954년 7월 6일 제9-61호
전화 02-3277-3163, 3242(편집부) 02-3277-3164, 362-6076(영업부) _ **팩스** 02-312-4312
e-mail press@ewha.ac.kr _ **인터넷서점** http://www.ewhapress.com
편집 책임 정경임 _ **편집** 이혜지·민지영 _ **디자인** GNA Communications _ **찍은곳** (주)문성원색

값 12,000원   ⓒ 이혜순, 2005
ISBN 89-7300-612-6 04810
ISBN 89-7300-602-9(세트)